가
짜
모
범
생

2

가짜 모범생 2

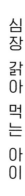

심장 갉아 먹는 아이

손현주 장편소설

특별한서재

차
례

만약에 내가 1등 성적표를 가진다면
행복할 수 있을까?
내가 의대에 합격한다면
진짜 행복한 선택이 될 수 있을까?
난 그렇게 생각하지 않아.
행복은 결국 숫자가 아니거든.

나는 그때 다섯 살 무렵이었다. 아빠와 나는 소꿉놀이를 하
듯이 의사 놀이를 즐겨 했다. 아빠는 나의 환자였다.

"아 해보세요."

아빠는 얌전히 앉아 입을 벌렸다. 나는 아빠의 입안을 눈으

로 살핀 후 체온계를 이마에 댔다. 사람의 손이 닿으면 빨간불이 번쩍거리는 비접촉성 체온계였다. 아빠가 옷을 걷어 올리면 빨간색 하트 그림이 가운데 박혀 있는 청진기를 가슴에 댔다.

"숨을 내쉬어 보세요."

나는 청진기를 아빠의 가슴에 대고 들리지 않는 심장 박동 소리에 귀를 기울였다.

쿵, 쿵, 쿵, 쿵, 쿵.

"심장은 아주 튼튼하세요. 대신 목이 좀 부으셨떠요."

발음도 명확하지 않은 어린 의사 선생님은 진찰을 마친 후 처방을 내렸다. 그리고 작은 초콜릿 알맹이가 들어 있는 약을 처방해 주었다. 어린 의사의 처방을 받은 후 아빠는 감사의 인사를 잊지 않았다.

"노효주 선생님은 아주 훌륭한 의사가 되실 거예요."

나는 그 말뜻도 제대로 모르며 빙그레 미소를 지었다. 미소는 가끔 거짓말을 한다는 사실을 그때는 몰랐다.

다섯 살 되던 어린이날, 아빠는 내게 뽀로로 병원 놀이 장난감 세트를 선물했다. 병원 놀이 장난감 케이스 안에는 35종의 의료기기가 가방에 들어 있었다. 더구나 하얀색 구급차에서는 요란한 사이렌 소리까지 울렸다.

삐용삐용.

내 귀에 사이렌 소리가 요란하게 들릴 때 나는 정작 머릿속 사이렌 소리는 듣지 못했다.

아빠는 비어 있는 이름표 칸 위에 검은 펜으로 내 이름을 써 두었다.

노효주 의사 선생님

흰 의사 가운은 키가 자랄 때마다 수시로 바뀌었다. 내 방에는 의대 정문에서 찍은 사진들이 나이별로 액자에 끼어 있었고 책장에는 인체 해부 도감이 꽂혀 있었다. 가끔 해부 도감의 표지는 나를 두렵게 했다. 해골과 뼈의 모습이 너무 생생해 오싹한 기분이 들었지만 아빠의 말대로 훌륭한 의사가 되려면 이 정도는 견뎌야 했다.

초등학교에 입학한 후에는 의사 가운을 입고 책상에 앉아 공부했다. 옷이 곧 마음이라는 아빠의 말 때문이었다. 아빠는 오랜 시간 내 마음의 스위치였다.

1

몇 시간 전 마지막 학기말 시험을 끝냈다. 나는 담담하게 오엠알 카드 답안지를 제출했다. 교실에는 삼삼오오 모여 답을 맞추는 아이들이 드문드문 보였다. 긴장이 풀린 탓에 아이들은 소란스러웠다. 누구하고도 말할 기분이 아니라 복도로 나가 한동안 창밖을 바라보았다. 햇빛이 이글거리는 여름 날씨는 곧 소나기라도 한바탕 내릴 기세였다.

"노효주, 시험 잘 봤니?"

경쟁자 민서가 내게 다가와 물었다.

"어, 뭐 그냥……. 넌?"

"난 이번 시험이 좀 쉬웠던 것 같아."

민서는 밝은 표정으로 만족스러운 듯 말했다.

대화는 거기서 끝이었다.

종례를 마친 후 서둘러 교실을 빠져나와 교문 쪽으로 걸었다. 교문까지 가려면 50미터쯤 걸어야 했다. 교정을 가로지르는 사이 몇 명의 아이들이 내게 다가와 손짓을 하며 지나갔다. 교문 가까이 다가가자 '행복을 지어가는 우리 학교'라는 글자가 적힌 현수막이 보였다. 평소에는 눈에 들어오지 않던 글귀다. 행복이란 단어가 오늘따라 유치하게 느껴졌다.

교문을 빠져나와 담벼락을 따라 걸었다. 흰 담벼락에는 동물 실루엣 벽화가 보였다. 벽화에는 사슴과 코끼리, 나무들과 날아가는 새까지 있었다. 마치 아프리카 초원을 옮겨다 놓은 것 같았다.

지난겨울 학기말 시험이 끝나고 학교 안에 불미한 사건이 있었다. 한동안 학교 분위기는 가라앉았다. 무거운 분위기를 바꾼다며 담벼락에 동물 벽화를 그린 것이다. 담벼락을 걷는 내내 목이 긴 기린과 눈이 마주쳤다. 기린의 눈망울은 단지 벽화가 아닌 살아 숨 쉬는 눈처럼 보였다. 포식자에게 쫓기는 눈 같기도 하고 때로는 평화로운 초원을 거닐고 있는 모습 같기도 했다.

조금 전 봤던 과학 시험이 역시나 마음에 내내 걸렸다. 오늘 하루만이라도 시험 생각을 내려놓자고 마음먹었다. 요즘 들어 심장 박동 수가 자주 높아져서 생활하기가 불편하다. 병원에 가보았지만 심리적 반응이라고 했다. 조금 전 본 기린의 눈이 내 머리를 계속 내려보는 것 같아 신경이 쓰였다. 나는 천천히 기린이 있는 쪽으로 다시 걸음을 옮겼다. 그리고 기린 앞에 서서 기린을 올려다보았다. 더위를 먹은 탓인지 기린의 눈동자가 살짝 움직인 것처럼 보였다. 내 두 눈을 의심했다. 꼭 살아서 튀어나올 것 같아 침을 삼켰다. 이유 없는 불안감이 심장을 두근거리게 했다.

쿵, 쿵, 쿵.

턱을 치켜들고 짧게 숨을 들이쉬었다. 심장 박동 소리가 점점 크게 내 귀에 들렸다. 그때 갑자기 주변의 소리가 점점 작아졌다. 나는 과다호흡 환자처럼 헉헉거렸다. 그 순간 학교 담벼락에서 알 수 없는 빛이 섬광처럼 내뿜어져 나오며 내 몸을 휘감았다. 느닷없이 빛이 강하게 내 몸을 빨아들이는 통에 눈을 뜰 수조차 없었다. 투명한 빛이 나를 감싸 가두는 순간 발이 허공에 뜨는 느낌이 들었다. 순간적으로 담벼락과 학교 건물 등이 겹쳐 움직이며 내 몸이 종잇장처럼 휙 하고 담벼락 안으로 빨려들어 갔다.

2

누군가 날 흔들었다.

"애, 정신 좀 차려봐."

귓가에서 여자의 음성이 들렸다. 눈을 살포시 뜨자 눈앞이 흐릿하고 정신이 몽롱했다.

잠시 후 낯선 여자의 얼굴이 서서히 보였다.

"정신 드니?"

"네에……."

잠겼던 목소리가 조금씩 새어 나왔다.

"숨을 깊이 들이쉬었다가 내쉬어 봐."

나는 본능적으로 여자가 시키는 대로 했다.

"일단 이것 좀 마시렴."

아직은 뭐가 뭔지 몽롱한 상태지만 숨쉬기는 좀 나아졌다. 얼떨결에 여자가 내민 머그컵을 받았다.

"지금 너에게 필요한 달달한 쇼콜라 진정초야. 이건 너희 입맛에 맞게 만들어 그리 쓰지 않을 거야."

여자는 내게 쇼콜라 진정초를 내밀었다. 나는 컵을 받아 들고 조금씩 마셨다. 입안에서 허브의 맛과 초코의 맛이 어우러졌다. 부드럽고 그렇게 쓰지 않았다. 혀 안에 감기는 맛까지 느껴지자 정신이 조금씩 들었다.

"어떠니?"

"괜찮아요."

"다행이네."

나는 정신이 들자 주위를 두리번거렸다. 이건 분명히 꿈도 아니고 가위에 눌린 것도 아니었다. 조금 전까지 학교 담벼락 앞이었는데 이상한 곳에 와 있었다. 정신이 또렷해지자 갑자기 이 낯선 곳에 대한 무서움이 몰려왔다. 그제야 정체불명의 여자가 진정초라고 준 것에 이상한 마약을 넣은 게 아닐까 불안해졌다.

"도대체 여기 어디예요? 나한테 무슨 짓 한 거죠?"

"진정해. 여긴 너같이 불안장애가 있는 사람들이 오는 곳이야."

"그럼 제가 병원에 왔다는 건가요? 근데 여긴 병원이 아니잖아요."

여자는 표정도 없이 고개를 끄덕였다.

"한 마디로 워프라고 해. 흔히 시공간 왜곡 지대라고 하지. 워프에 근접한 사람들이 그 안으로 빨려들어 가는 현상이야. 그러니까 버뮤다 삼각지대 같은 곳."

"말도 안 돼요. 저는 좀 전까지 학교 담벼락을 걷고 있었거든요."

"지금 저 벽 말하는 거니?"

여자가 손가락으로 가리키는 벽을 보았다.

"어느 곳에 있든 각자의 벽을 통해 오지만 결국 한곳으로 모이게 하는 건 저 벽이야. 저 벽이 신기한 건 사람의 심장이나 뇌의 주파수가 보내는 신호를 감지한다는 사실이지. 한 가지 다행인 건 저 벽이 너를 위험한 상황에서 벗어나게 했어. 그러니까 저 벽이 위험 신호를 감지하고 너 같은 애들을 이곳으로 빨아들인 거야."

"지금 저보고 그 말을 믿으라고요?"

나는 가늘게 떨리는 목소리로 도저히 믿지 못하겠다고 했다.

"믿고 싶지 않아도 곧 믿게 될 거야."

"근데 누구세요?"

"난 너 같은 아이들을 다시 세상으로 내보내는 일을 돕고 있는 가이드 안나라고 해."

안나 가이드는 얼굴이 갸름하고 콧날이 오똑했다. 긴 생머리를 한 검은 눈동자가 인상적이었다. 눈망울이 선해 나쁜 사람 같지는 않아 보였다.

"넌 세상의 벽을 넘어 이곳에 들어왔어. 여기로 온 이상 당장 현실 세계로 갈 수는 없어."

"제가 지금 죽은 건가요?"

"그건 아냐."

"제가 죽지도 않았는데 여기 왔다는 게 말이 돼요?"

"만약 여기 안 왔으면 넌 더 나쁜 상황을 겪을 수 있었어."

"저 여길 빨리 나가야 해요. 할 일이 많다고요!"

"넌 이제 들어왔어. 당장 나갈 생각은 버려."

가이드란 여자는 알 수 없는 소리만 했다.

"여기가 어딘지 몰라도 나가는 문은 있겠죠."

"물론 나갈 수는 있어."

"안나 선생님!"

누군가 부르는 소리에 가이드는 내게 잠시만 여기서 기다리라고 하며 자리를 비웠다.

나는 그 틈을 노려 벌떡 일어나 검은 벽을 향해 뛰었다. 저여자 말이 벽으로 들어왔다고 하니 벽 어딘가에 출입문이 있을 게 분명했다. 그래서 벽 주변을 두리번거리며 살폈다. 검은 벽은 거대한 빔프로젝트 스크린처럼 보였다. 여긴 낯선 곳이 분명하다.

교복 주머니에 있는 휴대폰을 꺼내보았다. 휴대폰 액정의 시계가 11시 50분에 멈춰 있다. 일단 119에 전화를 걸었다. 내가 있는 곳의 위치 추적이 될지 모른다는 생각이었다. 휴대폰 번호키를 눌렀지만 수신 불가였다. 목덜미 뒤로 식은땀이 흘렀다. 꿈이 아니다. 벽 앞에 서서 뒤를 돌아봤다. 좀 전의 가이드란 여자가 날 바라보며 서 있었다. 난 여자를 향해 소리를 질렀다.

"여길 나갈 수 있는 방법을 알려줘요."

잠시 후 안나 가이드가 내게 다가왔다.

"이거 받아."

"이게 뭐예요?"

"여기, '피움' 약도야. 저기 보이는 학교에 가면 마음 관리소가 있어. 거기서 시계부터 받아와. 거기 가면 각자의 이름이 적힌 모래시계가 있을 거야. 그걸 가져오면 이곳을 벗어나는 방법을 알려줄게."

나는 약도를 들고 학교가 있다는 곳으로 갔다.

약도를 따라가다 보니 눈앞에 푸른 잔디공원과 건물들이 보였다. 학교로 보이는 건물이 눈에 먼저 들어왔다. 이런 곳에 학교가 있다는 게 믿어지지 않았다.

학교로 들어서자 가장 먼저 눈에 띈 것은 거대한 모래시계였다. 금빛 모래 입자가 천천히 호리병 아래로 흐르고 있었다. 어쩌면 이곳은 모래시계로 시간의 흐름을 표기하는 것 같았다.

'피움학교에 오신 걸 환영합니다.'

교문 입구에 플래카드가 걸려 있는 게 보였다. 학교 안으로 들어가자 운동장에서는 공을 가지고 노는 아이들 몇몇이 보였다. 현실에서 일상적으로 보던 모습이었다.

학교 건물은 잿빛이 아닌 파스텔의 고운 빛깔로 외벽을 가득 메웠다. 정원에는 아름드리 나무들과 형형색색의 이름을 알 수 없는 꽃들이 눈이 부실 만큼 환하게 피어 있었다. 단 한 번도 본 적 없는 건물과 꽃들이었다. 정원 중간에 오솔길이 나 있어 작은 숲으로 이어져 있었다. 학교 안을 걷는 내내 신선한 공기와 정원의 꽃향기가 코끝으로 느껴졌다.

그때 누군가 정문 쪽으로 걸어오는 아이가 보였다. 우리 반 홍시윤이다. 앞머리가 짧고 눈매가 둥근 게 분명 홍시윤이 맞다.

"아……."

작은 신음이 터져 나왔다.

여기서 홍시윤을 볼 줄은 몰랐다. 홍시윤 역시 내 얼굴을 알아본 눈치다. 홍시윤이 가까이 다가오자 비밀을 들킨 사람처럼 얼굴이 화끈거렸다. 그 애도 날 보더니 당황한 듯 눈을 제대로 마주치지 못했다. 우린 학교에서도 별로 말을 나눈 적이 없는 사이다. 학교가 아닌 이런 곳에서 홍시윤을 만나다니

어이가 없었다.

"너……."

시윤이와 나는 한동안 말을 하지 못했다.

잠시 후 시윤이가 먼저 입을 열었다.

"너 같은 애도 여길 오네."

너 같은 아이라는 말에 그동안 날 어떻게 생각한 건지 좀 화가 났다.

"그러는 넌 여기 왜 왔어?"

내가 조용히 물었다.

"나……."

시윤이는 별말 없이 큐브만 만지작거렸다. 그러곤 입을 다물어 버렸다. 나랑 말도 섞기 싫은 건가.

학교에서 시윤이를 보면 큐브를 손에 놓은 적이 없었다. 더구나 큐브의 색이 한 번도 맞춰진 것도 본 적이 없다. 특별히 그 애에게 관심도 없었는데도 큐브를 들고 있던 손은 기억에 남았다. 낯선 공간에 둘만 있다는 게 어색했다.

"혹시 여기 나갈 수 있는 출입문 있을까?"

"나도 좀 전에 둘러봤는데 없더라."

"큰일이네. 이러다 영영 못 돌아가는 거 아니니?"

시윤이의 말에 나는 땅만 쳐다보며 말했다.

"그나저나 우리 둘 다 이유 없는 결석이라 집으로 연락이 갈 거야."

"임시 담임이 어떻게 처리할지 모르겠다. 빨리 우리 반 담임이 정해져야 할 텐데."

잠시 우리는 학교 이야기로 대화를 나누었다. 우리 반은 담임이 현재 공석인 상태다. 원래 배정된 선생님의 건강에 갑자기 문제가 생겨 휴직한 상황이라 제대로 일 처리가 안 될 때가 많았다.

"누가 됐든 빨리 담임이 정해지면 좋겠어. 불편한 게 많아."

시윤이가 작은 한숨을 내쉬며 말했다.

"혹시 우리 지금 가위에 눌려 꿈을 꾸고 있는 거 아니겠지?"

"그럴지도 모르지. 가위눌릴 때 우리가 꿈을 깨려고 해도 안 되잖아. 차라리 그렇다면 좋겠어."

"휴대폰도 먹통이라 아무 소용 없네. 휴대폰 없으면 굉장히 불안한데 여긴 아예 차단된 것 같아."

"우리 둘 다 실종 상태네."

앞으로 닥칠 일들 때문에 걱정이 되었다. 그러나 이상하게도 시윤이는 의외로 담담했다.

"넌 걱정도 안 되니? 난 지금 머릿속이 하얘."

시윤이가 너무 침착해 보여 무슨 대책이 있나 싶었다.

"차원이 다른 곳에 와 있다고 하잖아. 시공간 왜곡 지대에 우리가 왜 와 있는지 모르겠어. 그래도 다행인 건 우릴 해칠 것 같진 않아."

"너 모래시계 받았니?"

시윤이는 교복 주머니를 뒤적였다. 시윤이가 꺼낸 건 손바닥에 쥘 수 있는 모래시계였다.

"나도 모래시계 가지러 가는 중이야. 도대체 이 상황이 뭐가 뭔지 모르겠다. 근데 너 손목에 난 상처는 뭐야?"

모래시계를 들고 있던 시윤이의 손목에 잔금이 간 붉은 상처 자국이 보였다.

"아, 아무것도 아냐."

시윤이는 얼른 소매를 길게 잡아 내렸다. 당황하는 모습 속에 뭔가 숨기는 듯 보였다.

"너 빨리 가서 모래시계 받아 와."

시윤이는 내게 모래시계를 가져오라고 말을 돌렸다.

나는 서둘러 마음 관리소로 갔다.

마음 관리소 안으로 들어서자 시스템 스크린이 보였고 몇몇의 사람들이 분주히 움직이고 있었다. 그중 단발머리 여자가 내게 다가와 이름을 물었고 이내 내 이름이 새겨진 모래시계를 건네주었다. 여자는 잔잔한 미소를 띤 채로 피움학교가 마음에 들었으면 좋겠다는 말도 잊지 않았다.

3

안나 가이드가 교문 앞에서 날 기다리고 있었다. 내 손에
들린 모래시계를 보자 안심한 표정이었다.

"이제부터 이곳을 소개할게. 이곳은 어른과 아이들로 나뉘
어 있어. 너희들은 이 구역에 있는 피움학교에서 지내게 돼.
피움학교 안에 기숙사가 있거든. 어른들은 저 언덕 너머에 있
는 피움센터에서 지내. 피움 세계를 움직이는 절대자가 있다
는 말은 들었지만 나도 자세히는 몰라. 나 역시 얼굴도 본 적
이 없어. 여기 시스템은 먼저 온 사람들이 나중에 온 사람들에
게 설명해 주면서 순환되는 구조야."

안나 가이드의 이야기가 머리로는 이해되지 않았지만 판단
하지 않기로 했다.

"학교는 차차 소개하기로 하고, 일단 네 손에 든 모래시계는
여기서 사용할 시계야. 이 시계는 물리적 시간이 아닌 마음의
시간을 모래가 떨어지는 속도로 보여줄 거야."

"마음 시계요?"

나는 시계를 위아래로 흔들어 보았다. 이상한 건 모래 입자가 아래로 떨어지지 않았다는 점이다.

"왜 모래가 안 떨어지죠?"

"이 모래시계는 마음이 움직일 때만 모래가 떨어지게 되어 있어. 마음의 에너지가 채워질 때 움직이는 시계야. 이 모래 입자가 아래로 다 떨어질 때쯤 넌 이곳을 벗어나 저 벽을 넘어갈 수 있어. 그러니까 이 시계가 여길 나갈 수 있는 시간을 알려주는 거지."

잘못 들은 게 아니었다.

"오늘부터 이 시계는 네 거야."

"도대체 이딴 장난감 같은 걸 믿으라고요? 전 당장 나가야 돼요. 학교를 결석하면 내신에도 문제가 생기고 대학 가는 데도 지장 있다고요! 더구나 이유도 없이!"

"너무 흥분하지 마. 심장에 안 좋아. 세상일은 잠시 잊어도 돼."

"만약 벽을 나가게 되면 다시 원래의 시간으로 돌아갈 수는 있는 거예요?"

"당연히 벽을 나가는 순간 시간은 다시 네가 이곳으로 오기 전으로 돌아가지. 벽을 나가는 순간 기억을 잃게 되지만 물건 정도는 희미하게 기억날 수도 있어."

머릿속은 더 혼란스러웠다. 혹시 모래시계의 저주라도 걸렸단 말인가. 마음의 움직임을 모래시계로 볼 수 있다는 게 터무니없이 들렸다. 앞으로 닥칠 일들이 두려워 온몸에 힘이 쭉 빠졌다.

안나 가이드는 학교에 대한 규칙들을 계속 알려주었다. 피움학교는 아침에 등교라는 개념이 없었다. 아침 기상은 식사 준비 때문에 7시쯤 시작됐다. 한 시간 정도 식사 준비를 하고 아침 식사를 마친 후 자유롭게 교실로 이동한다. 기회의 교실은 자신이 원하는 수업을 배울 수 있는 곳이다.

"시험도 보나요?"

"당연히 시험은 없단다. 여기서는 수치적 잣대로 사람을 재지 않아. 네 몸의 증상이 없어지는 게 중요하지. 여기에도 규칙은 있어. 누군가 비교해서 우월감으로 다른 아이들을 불쾌하게 하거나 모멸감을 느끼게 해서는 안 돼. 이게 바로 피움의 법칙이야. 이곳에선 누가 성적이 좋은지 나쁜진 중요하지 않아. 상을 받지 못해 초라해지는 아이 또한 없어."

"그럼 경쟁이나 성적표 이런 게 없나요?"

"여긴 최고를 뽑는 게 아니잖아. 대신 모래시계의 마음 에너지는 모두 다 다르게 움직여. 누가 좀 더 빨리 이곳을 나갈 수 있는지 차이 정도는 있지."

어려서부터 경쟁이 몸에 익어왔다. 경쟁이 없는 세상이란 있을 수 없다고 믿었다. 친구의 성공은 나의 실패였다. 친구의 머리를 밟고 올라서야 부모님은 열광했다. 모든 게 한 번의 시험으로 결정됐다.

"이곳은 한 번에 답을 얻을 수 없는 곳이야."

안나 선생님의 설명을 들으면서도 마음은 여길 빠져나가야 한다는 생각에 초조하기만 했다.

안나 선생님은 이번에는 학교 위에 있는 높은 언덕으로 날 안내했다. 그곳에서는 넓은 하늘과 어우러진 초원, 그리고 호수가 한눈에 들어왔다. 먼저 마음에 들었던 건 넓은 초원이다. 탁 트인 초원의 푸른 잔디를 보자 마음에 작은 떨림이 느껴졌다. 마침 해가 기울고 있었다. 해가 지자 하늘이 장밋빛으로 물들어 오묘하고 신비로웠다.

마지막으로 안내한 곳은 의식의 전망대라는 곳이었다. 나무 계단을 오르다 보니 적을 감시하는 것 같은 망루가 보였다. 의식의 전망대 한가운데에는 큰 망원경 두 대가 놓여 있었다.

"이 망원경으로는 너의 의식의 세계를 볼 수 있어. 두 번째 망원경은 자신의 의식을 다른 사람에게도 보여줄 경우에 쓸 수 있어. 물론 기억도 볼 수 있어."

"이 망원경으로 제 의식과 기억의 세계를 볼 수 있다고요?"

"네가 보고 싶은 것을 간절히 떠올리면 전망대 망원경으로 그 시간과 장소를 볼 수 있고 가볼 수도 있어."

"정말요? 믿기 어려워요."

"그렇게 믿기 어렵다면 지금 당장 해봐도 돼."

나는 잠시 망설였다. 지금 아빠가 뭘 할까 제일 궁금했다. 오로지 한 생각에 집중하는 게 쉽지 않았다. 아빠의 얼굴을 떠올리며 간절하게 보기를 원했다. 처음에는 사람의 모습이 희미하게 보이다 좀 더 생각을 뚜렷하게 집중하는 순간 놀랍게도 망원경 속에서 아빠의 모습이 보였다. 아빠는 승용차를 몰고 퇴근 중이었다.

"아빠……."

망원경에서 눈을 뗀 후 마음이 무거웠다. 내가 사라진 걸 안다면 아빠가 얼마나 걱정할지 짐작이 갔다. 더구나 불 꺼진 집으로 가는 대신 날 데리러 학원으로 갈 아빠의 모습이 그려졌다. 망원경으로 아빠의 모습을 본 후에야 내가 다른 세계에 와 있다는 걸 실감했다.

"혹시 이 망원경으로 제 미래도 볼 수 있을까요?"

나는 갑자기 떠오른 생각에 내가 앞으로 어떻게 될지 물었다.

"여기선 누구도 자신의 미래는 볼 수 없어. 미래란 수시로 바뀔 수 있는 영역이라 보여주지 않거든. 이제 좀 믿어지니? 보고 싶은 게 있으면 언제든 의식의 전망대로 와."

의식의 전망대를 내려오며 이곳을 내 맘대로 빠져나갈 수 없다는 사실을 깨달았다.

4
—

기숙사 거실에서 소란스러운 소리가 들렸다. 안나 선생님이 앞머리가 짧은 아이와 이야기를 나누는 게 보였다.

"공산당도 무서워한다는 중딩이네."

"너 아는 애야?"

"은찬이란 애야. 안나 선생님이 얘기해 줘서 알았어."

그 애는 안나 선생님에게 뭔가 하소연하는 것처럼 심각해 보였다.

"요즘 게임 안 하는 애들이 어딨어요? 엄만 내가 누워 있는 꼴도 못 보는데 나더러 어쩌라고요. 엄마가 날 뭐라 부르는지 알아요? 괴물! 우리 집 괴물 아직 자냐! 이런 식이에요. 내가 괴물이면 엄마는 괴물을 낳았으니까 지독한 마녀가 맞죠. 그래서 저도 엄마를 마녀라고 불러요. 내가 공부 좀 못하기로 괴물 취급하는 거 보면 새엄마 아닌가 싶어요. 근데 인정하기 싫지만 사진 보면 붕어빵이라는 사실이 좀 짜증 나요."

"단지 그 때문에 이곳으로 온 건 아닐 거야."

"그럼 제가 거짓말한다는 거예요?"

"저 벽으로 넘어온 건 분명 이유가 있기 때문이야."

"내가 알아요? 저 벽이 도대체 뭔데 날 여기로 끌고 와요."

"하긴 너 같은 애가 왜 여기 왔는지 궁금하네."

안나 선생님이 다시 물었다.

"나도 모르죠."

"여긴 숨도 못 쉴 만큼 불안한 아이가 주로 오는데 넌 전혀 그럴 것 같지 않아. 너 뭐 숨기는 거 있는 거 아냐?"

"숨기긴 뭘 숨겨요."

"뭔가 많이 불안하니까 여기 온 거잖아."

"우리 학교에서 불안하지 않은 애들 있으면 나와보라 해요. 나만 또라이가 아니라고요. 저 괴물 같은 벽은 또 뭐고 이 모래시계는 망가진 것도 아닌데 모래가 한 톨도 안 내려가잖아요."

"야! 그만해라."

그 모습을 지켜보던 시윤이가 소리를 질렀다.

"여기 답답하지 않은 사람 있으면 나와보라고 해. 네가 아무리 소리 지르고 난리 쳐도 벽은 열리지 않아. 여기 규칙대로 나갈 수 있는 방법을 찾아 보는 게 더 빨라."

"근데 누군데 이래라저래라예요!"

은찬이 시윤에게 대들자 안나 선생님이 말했다.

"그래, 은찬아. 마음 가라앉히고 인사하렴."

"아, 몰라요. 내가 지금 인사하게 생겼어요?"

"여기 이 누나는 노효주, 그 옆에는 홍시윤. 둘 다 열일곱이야."

내가 그 애에게 먼저 인사를 했다.

"안녕, 어차피 여기 온 거 잘 지내보자. 나랑 시윤이는 학교에서 같은 반이야."

"형이랑 누나는 같은 반이라 좋겠네."

"우리 학교에선 안 친해."

"자자, 그런 말들은 나중에 나누고 우선 효주가 묵을 방을 안내해 줄게. 따라와."

5

안나 선생님이 기숙사를 안내했다. 기숙사 건물 안으로 들

어서자 복도에는 양쪽으로 방들이 있었고 그 방문에는 각자의
이름표와 증상이 적혀 있었다.

15세 김세현: 복통
학교 화장실 벽을 타고 넘어옴

14세 박서아: 편두통
거실 벽을 타고 넘어옴

15세 진수진: 수면 장애
침대 벽을 타고 넘어옴

12세 이유진: 구토 증세
욕실 세면대 벽을 통해 넘어옴

17세 노효주: 심장 박동 수 이상, 과호흡증
학교 벽을 타고 넘어옴

안나 선생님이 안내한 방문에는 내 이름과 증상도 이미 적
혀 있었다. 방 안으로 들어가자 아늑한 침실과 작은 책상에는

필기도구 정도만 있었다. 노란 불빛이 침대 옆 탁자를 은은히 비추고 있는 편안한 방이었다.

다음으로 간 곳은 지하에 있는 공용 공간이다. 식당도 있고 거실도 있었다. 거실은 집이랑 별반 다르지 않았다. 익숙한 공간 때문인지 혼란스러운 마음이 점차 안정되어 갔다.

피움학교만의 규칙이 있다. 이곳에 있는 동안 식사 준비와 빨래, 청소는 본인이 해야 한다. 각자 맡은 역할이 게시판에 붙어 있었다.

오늘의 저녁을 위해 주방으로 내려갔다. 이곳에서는 매일 심신 안정 매뉴얼에 따라 식단이 정해진다. 물론 재료들은 아이들이 직접 가꾼 텃밭 정원에서 재배한 것들이다. 작물을 키우는 걸 좋아하는 아이들이 키운 상추, 캐모마일, 고구마, 감자, 딸기, 포도 등 다양한 식재료가 준비되어 있었다. 그리고 모든 음식에는 진정초 가루를 넣어야 했다.

오늘 저녁 메뉴는 오므라이스였다. 한 번도 이런 음식을 직접 해본 적이 없어 당황스러웠다.

"엄마도 안 시키는 주방 일을 우리가 왜 해요? 이게 말이 돼요? 난 주방에 가본 적도 없어. 엄마가 밥 먹을 때 외에는 오지도 말라고 했어. 여기가 군대야, 뭐야."

은찬이가 투덜댔다.

나 역시 당황하기는 마찬가지였다. 낯선 애들하고 식사를 준비하는 게 어색했다. 하지만 이곳에서는 모든 걸 자기 손으로 하지 않으면 굶을 수밖에 없다. 침구 정리부터 방 청소는 물론 화장실 청소도 본인 손으로 해야 했다. 이상한 학교였다. 우리가 한 번도 경험해 보지 못한 일이었다.

차원이 다른 곳은 알약 한 알이면 식사가 해결되는 줄 알았다. 여기 모인 애들은 식사 준비를 직접 하는 게 불만이었다. 그러나 피움학교의 규칙이라 따를 수밖에 없었다.

"여기도 사람 사는 곳이 맞네."

시윤이는 이해가 가지 않는다는 표정이었다.

"집안일 해본 적도 없는데 이게 뭐야. 시험이 코앞이라 못 해, 학원 숙제 밀려서 못 해, 그것뿐인가, 내가 도와준다고 엄마에게 말해도 공부하는 게 돕는 거라고 못 하게 했어."

은찬이가 여전히 불만이라고 투덜거렸다.

"그래도 여긴 숙제도 없고 시험도 없잖아."

"뭐, 그거 하나는 좋네."

다들 조금씩 불만이 있지만 어쩔 수 없다는 반응이었다.

처음으로 주방에 가서 재료 준비를 했다. 먼저 나는 오므라이스에 들어갈 야채를 씻어 잘게 자르는 일을 맡았다. 집에서 칼 쓰는 일을 해본 적이 없어 칼 잡는 게 서툴렀다. 집에서는 주로 바나나나 귤, 방울토마토, 포도 같은 껍질을 깎지 않아도 되는 과일을 먹었다. 더구나 주말이면 아빠가 반찬 가게에서 사온 반찬을 냉장고에 두고 먹었다.

먼저 감자 칼로 감자를 까는데 잘 깎이지 않았다.

"이것 좀 도와줄래? 대신 내가 야채를 썰게."

나는 시윤이에게 도움을 요청했다.

시윤이는 싫은 내색 없이 선뜻 감자 칼을 받아 들고 바구니에 있는 감자를 맡아주었다. 이런 때 유튜브를 보면 쉽게 할 수 있을 텐데 아쉬웠다. 어쩔 수 없이 맛을 기억하며 조리해야 했다. 우리는 준비한 야채를 프라이팬에 볶은 후 밥을 넣어 소금과 케첩으로 간을 맞췄다. 그리고 마지막에 진정초 가루를 넣어야 했다. 가장 어려운 문제는 계란 이불을 만드는 일이었다. 몇 번의 실패 끝에 계란 위에 볶음밥의 모양을 잡아 오므라이스를 완성했다.

처음 만든 오므라이스를 접시에 담아 안나 선생님과 함께 저녁을 먹었다. 안나 선생님은 우리가 만든 오므라이스가 맛있다며 칭찬해 주셨다. 우리 손으로 처음 만든 음식을 안나 선생님께 인정받아서 그런지 마음이 뿌듯했다. 우린 오므라이스를 순식간에 먹어 치웠다.

"와, 그동안 먹을 땐 몰랐는데 진짜 힘들다."

"부모님이 얼마나 고된 생활을 했는지 알겠지?"

안나 선생님이 웃으며 말했다.

식사 후 우리는 남은 설거지를 하며 식기를 정리했다. 이상하게 낯선 아이들과 함께 있는 게 생각보다 불편하지 않았다. 이곳에 온 애들과 보이지 않는 끈으로 묶여 있는 것 같은 동질감이 느껴졌다.

저녁 식사 후 거실에 모였다. 시윤이와 은찬이는 나와 같은 조로 묶였다. 우린 잠을 잘 때와 개인적인 일을 빼고는 늘 함께 있어야 했다. 그것은 이곳만의 규칙이었다. 우리는 거실에 모여 하루를 정리하고 잠시 이야기를 나눈 뒤 각자의 방으로 흩어졌다.

6

타닥타닥 빗소리가 나 커튼을 열어보니 비가 부슬부슬 내리고 있다. 이곳 날씨는 밖의 세상과 다를 게 없었다. 바람이 불어 나무가 휘어지는 게 보였다. 집이 아닌 곳이라 그런지 마음이 쫙 가라앉았다. 지금 아빠는 뭘 하고 계실까. 의식의 전망대에서 보았던 아빠의 모습이 계속 떠올랐다. 이런 때 엄마라도 아빠 곁에 있다면 걱정을 나눌 수 있을 것 같지만 불가능한 일이다. 빗방울이 더 세차게 창을 두드린다. 엄마가 집을 떠나던 날도 이렇게 비가 내렸다.

미술을 전공한 엄마는 집에서 늘 그림을 그렸다. 엄마에게 먹는 것보다 더 중요한 것은 캔버스와 물감과 기름 먹인 천이었다. 그림에 집중하다 점심 챙기는 걸 잊을 때도 종종 있었다. 엄마의 호리호리한 몸매도 아마 먹는 걸 잊어버리는 습관 때문일지 모른다.

엄마는 늘 물감 냄새를 맡는 걸 좋아했다. 가끔 물감을 내 코에 대고 내게도 맡아보라고 했다.

"비싼 물감은 향도 좋단다."

엄마는 내게 그런 말을 했다. 그러나 나는 비싼 물감과 싼 물감을 구분할 수 있는 예민한 코를 가지고 있지 않았다. 엄마는 언제나 그림 안에서만 행복했다.

내 책상 위에는 발레리나 오르골이 놓여 있다. 일본 여행 중에 엄마가 사준 것이었다. 수제품을 파는 가게에서 내 발이 멈춘 곳은 발레리나가 두 팔을 벌리고 한쪽 다리를 높이 든 오르골 앞이었다. 태엽이 멈춰도 다리를 내릴 줄 모르는 인형이 마음에 들었다. 내 나이 열한 살에 다녀온 홋카이도 여행이 마지막 가족 여행이었다.

엄마는 그 여행을 다녀온 후 조용히 할 말이 있다고 날 불렀다. 그때 엄마의 표정은 조금 슬퍼 보였다.

"효주야."

엄마는 내 이름을 부르며 손을 잡았다.

"엄마, 곧 파리로 갈 거야. 엄마한테는 이제 더 미룰 수 없는 일이 있거든. 너도 알겠지만 엄마는 그림을 계속 공부하고 싶어. 사실 너의 육아로 오래된 그 꿈을 긴 시간 미뤄 왔어. 이제 너는 모든 일을 스스로 할 수 있는 나이가 됐잖니. 그리고 네 곁에는 세상에서 널 가장 사랑하는 아빠가 있고. 엄마가 멀리 떨어져 있어도 효주는 언제나 엄마 마음속에 있어."

나는 엄마가 지금 하는 이야기가 뭘 의미하는지 조금은 짐작이 갔다.

"엄마…… 꼭 지금 가야 돼?"

나는 가늘고 여린 목소리로 물었다.

"엄마는 지금…… 너무 간절해."

"나…… 엄마가 없으면 힘들 것 같아."

"우리 딸, 엄마도 마찬가지야. 이게 너한테 나쁜 결정이라는 걸 알아. 그러나 시간이 흐르면 나쁜 게 좋은 걸로 바뀌기도 해. 엄마는 어디에 있든 너와 연결되어 있어. 그걸 잊지 마."

엄마는 나를 살포시 안아주었다.

그때 엄마가 다시는 내게 오지 않을 거란 느낌이 들었다. 엄마는 스스로 날개옷을 입고 날아오르는 선녀였다. 엄마의 느닷없는 결정에 조짐이 없던 건 아니었다. 늦은 밤 엄마와 아빠의 언성이 높아져 내 방에까지 들린 적이 있다. 하지만 이런 결정이 나올 줄은 몰랐다.

엄마와 나는 그렇게 결별했다. 나는 한동안 고아가 된 기분이었다. 쿨한 엄마와 달리 찐득찐득한 감정을 가진 나는 그렇게 헤어질 줄 몰랐다.

내게 엄마의 자리는 생각보다 컸다. 매일 눈을 뜰 때마다 주방에서 아침을 준비해 주던 엄마가 없는 텅 빈 식탁, 엄마가 요리하던 주방 도구, 엄마가 두고 간 물건들, 엄마 냄새가 밴 옷가지들, 엄마가 남기고 간 긴 침묵까지 엄마를 떠오르게 했다. 외로움과 그리움으로 혼자 눈물짓는 일이 많았다. 그러나 아빠 앞에서만은 내 감정을 숨겼다. 아빠가 나보다 더 힘들다는 걸 어린 내가 알았을까. 그래서 감정을 숨기는 방법을 먼저 배우게 된 것 같다.

시간이 지나 엄마는 내게 카톡을 보내고 영상 통화를 걸었지만 엄마에 대한 서운함과 알 수 없는 원망이 커지며 번호를 차단하고 말았다.

내가 힘들었던 건 단지 엄마가 없는 것 때문만은 아니었다. 아빠와 단둘이 남아 있는 현실이 싫었다. 늘 웃음기가 많던 아빠의 얼굴에 웃음기가 지워져 가는 게 마음이 아팠다. 어쩌면 나는 그때부터 아빠의 기분을 살피는 아이가 되었는지 모른다.

7

엄마가 집을 떠난 후 아빠는 나의 파파라치가 됐고 퇴근 후 6시 신데렐라로 변신했다. 아빠는 매일 아침 식사로 계란 오믈렛과 볶음 채소를 식탁에 올렸다. 이 메뉴는 중학교 이후 바뀐 적이 없다. 바뀐 게 있다면 당근, 사과주스 정도다.

학부모 회의 날이면 아빠는 월차를 써서 빠짐없이 참석했다. 주말이면 나와 함께 장을 보러 대형 할인마트에 갔고, 퇴근 후에는 학원 앞에서 나를 픽업하기 위해 대기했다. 아빠의 주말과 휴가는 모두 날 위해 썼다. 단 한 번도 자신의 즐거움을 위해 쓴 적이 없다. 생리통을 앓을 때도 아빠는 누구보다도 열심히 내 감정을 맞추려 애를 썼다. 그런 아빠의 고된 생활은 어쩌면 아빠를 버티게 하는 힘이었을지도 모른다.

아빠는 내 장래에 대해서도 곧잘 이야기했다.

"사랑하는 딸, 솔직히 아빠는 네가 사회적으로 존경받는 직업을 가졌으면 좋겠어. 이건 너의 평생이 걸린 문제고……. 그러니까 말하자면 의사가 되면 명예와 돈을 다 가질 수 있고 아무도 널 함부로 보지 않을 거야."

아빠는 엄마가 떠난 이후, 날 의대에 보내야겠다는 결심이 더 확고해진 듯 보였다.

나는 이 말이 낯설지 않았다. 어릴 때부터 의사 놀이를 함께 해온 아빠였다.

나는 일 초의 망설임도 없이 "의사가 될게요."라고 또박또박 대답했다.

그 뒤 나는 초등 의대반이 있는 유명 학원에 다녔고, 다행히 초등 의대반에 합격했다. 그 학원에는 지방에서 오는 아이들도 꽤 많아 원룸을 얻어 네 명이 주말에만 같이 썼다. 이런 학원의 커리큘럼으로 초등학교 4학년 때 초등 과정을 마치고 5학년 때 중등 과정을, 6학년 때 고교 수학을 끝마쳤다. 학원에서는 진도를 빼기에 바빴고 나는 심화 과정을 하는 게 굉장히 버거웠다. 더구나 미적분 수업은 애를 쓰고 따라가려 해도 어려웠다. 그때부터였을까. 수학이 싫어졌다. 수학 선행을 빠르게 나가다 보니 학년 수업을 심화할 기회가 많지 않았다. 미적분 수업은 무슨 말을 하는지 어려워서 울고 싶은 적도 있었다.

수업을 듣는 내내 이해하지 못하는 수식들뿐이었다. 의대반을 뛰쳐나오고 싶었지만 나만 바라보는 아빠가 내 어깨 위에 무게로 남아 있었다.

8

"야, 너희들 언제 왔니?"

"누, 누구세요?"

점심을 먹은 후 누군가 다가왔다.

"나 너희들보다 조금 일찍 온 선배. 나도 너희와 같은 조야."

"선배요?"

"그래, 선배."

"나이가 몇인데요?"

"나이는 뭘 따져? 선배면 선배지."

"그래도 소속은 있잖아요. 저희보다 훨씬 나이가 있는 것 같은데……."

시윤이가 의심의 눈초리로 물었다.

"일단 급식은 아냐."

"그럼 대학생?"

은찬이가 추임새를 넣었다.

"그럼 얼마나 좋겠니."

"그럼?"

"아! 그만 물어. 괴롭다."

"왜 자기 소속을 못 밝혀요. 수상하네."

"이것들이 너무 꼬치꼬치 묻네. 진짜 알고 싶냐?"

"말 못 할 것도 없는데 왜 그래요?"

은찬이가 볼멘소리로 말했다.

"그래, 나 삼수생이다. 됐냐!"

"삼수생요?"

"너 삼수생 못 봤냐?"

"지금 수험 생활만 세 번째?"

우린 모두 놀란 채 한목소리로 말했다.

"꼭 그걸 물어야겠냐. 울 엄마를 능가하는 잔인한 놈들이
네."

그제야 소속을 못 밝히는 이유를 알게 됐다.

"나는 삼수라고 한다. 반갑다."

"이름도 삼수예요?"

"그건 아닌데, 내 위치를 잊지 않으려고 그래."

삼수 오빠는 부모님이 원하는 대학에 갈 때까지 수험 생활을 하고 있다고 했다.

"재수할 때까지는 희망이 있었는데 점점 자신이 없어. 우리 부모님은 명문대 안 가면 인간 말종으로 생각해."

"삼수 오빠는 어느 벽 타고 왔어요?"

"재수 학원 벽 타고 넘어왔어. 우리 재수 학원은 진짜 조용해. 수업이나 자습할 때 요만한 소리도 못 내거든. 근데 수험생 짬밥도 3년째인데 어쩐 일인지 수업을 듣거나 자습할 때면 배가 자주 아프고 화장실을 수시로 가는 증상으로 힘들었어. 그럴 때마다 애들 눈치에 선생 눈치까지 죽을 맛이야. 나는 여기 오기 직전에 모의고사를 보고 있었는데 시험지를 보자 갑자기 숨이 막힐 것 같은 두려움이 몰려오더라. 선생님께 말하려고 했는데 목소리도 나오지 않는 거야. 그 상황에서 강의실 뒷문으로 무작정 뛰어나오는데 학원 강의실 벽에서 빛이 뿜어나와 이곳으로 빨려들어 왔지. 너희도 같은 경험이었겠지만 이게 믿어지니?"

"사실 저희도 믿어지지 않아요."

"이제 나까지 합류했으니까 네 명이 다 온 거네."

"우리 네 명을 안나 선생님이 맡게 되나 봐. 그러니까 우린 안나 선생님 조야."

"진짜 이해 안 되네. 조가 왜 필요한 거야?"

은찬이는 투덜거리며 말했다.

"여기 온 애들 모두 신체적 증상이 있어 이 벽으로 넘어온 거잖아. 아무래도 안나 선생님이 가이드니까 무슨 수가 있겠지. 근데 넌 어떻게 여기 왔니?"

삼수 오빠가 대뜸 내게 질문을 던졌다.

"저는 학교에서 시험 끝난 후 학교 담벼락으로 넘어왔어요."

"너 시험 못 봤구나."

"그런 소리 말아요. 효주 상위권이에요."

시윤이가 삼수 오빠의 말을 얼른 받아쳤다.

"그런 애가 여긴 왜 와? 너 MBTI가 뭐니?"

"ISFJ요."

"내가 그럴 줄 알았어. 걱정도 사서 하는 타입이네. 완벽주의 인간은 절대 완벽할 수 없어. 괜히 자기만 피곤할 뿐이야."

삼수 오빠는 내 성격을 콕 집어 말했다.

"야! 그렇게 따지면 나도 공부 못해 삼수생 한 거 아냐. 단지 우리 아빠가 명문대 못 가면 호적 판다고 위협하는 통에 어쩔 수 없이 삼수하고 있는 거지. 명문대 아니면 재수도 안 했지. 제때 갔으면 벌써 대학 2학년이고 군대 갈 준비 했을 거야."

"형네 아빠도 명문대 출신인가 봐요?"

"우리 아빠는 남들이 부러워하는 의사야. 내가 진짜 이해 못 하는 게 뭔 줄 알아? 아들 하나도 공감 못 하는데 환자 마음은 어떻게 아나 몰라. 자기가 세상에서 제일 잘난 줄 알아. 남의 말은 죽어도 안 들어."

삼수 오빠는 불만이 가득한 얼굴로 말했다.

"그래도 의대 가라고는 안 하네."

"내가 피를 좀 무서워해. 언젠가 아빠 병원에서 교통사고로 피범벅된 환자 보고 기절했거든. 난 의대 갈 심장이 아냐. 실력도 안 되지만. 대신 명문대 가는 게 조건이야."

"형, 우리 집에도 그런 마녀가 한 명 있어요. 사실 여기 와서 제일 좋은 게 학교 안 가는 거랑 마녀의 잔소리 안 듣는 거예요."

"넌 학교가 꽤 가기 싫은 모양인데 난 다시 학교 가고 싶어. 지금 내 처지보다 너희가 더 낫거든. 학교는 소속감이라도 있지. 난 뭐냐."

"저 같으면 재수에서 끝냈을 거 같아요. 삼수는 절대 못 해요."

시윤이가 단호하게 말했다.

"너 그런 소리 함부로 하지 마라. 여기 온 애들 너희 맘대로 할 수 있으면 여기 안 왔다. 난 뭐 처음부터 삼수 생각한 줄 아니? 이게 다 내 뜻대로 살 수 없어 그런 거야."

"삼수 형 말이 맞아요. 저도 하고 싶은 게 있거든요. 공부는 좀 못해도 장사는 소질 있어요. 5학년 때 학교 바자회를 했는데 제가 판매왕이었어요. 하지만 판매왕은 학교에서 알아주지 않아요. 학교는 오로지 성적과 명문대 실적만 인정하잖아요. 학교는 나 같은 아이에게 희망 대신 절망만 줘요. 전 대학 가지 않아도 돈 벌 자신 있어요."

"자신감 하나는 인정."

삼수 오빠가 먼저 쿨하게 인정했다.

"길을 걸을 때도 어떤 장사 하면 잘되겠다는 생각이 막 떠올라요. 은근 설레기까지 해요. 근데 엄마는 내가 공부 못해 사람 구실이나 할지 모르겠대요. 책에서 봤는데 옛날 어떤 재벌 회장은 대학 안 나와도 큰돈 벌었어요. 내가 그 회장님처럼 되지 말라는 법이 어딨어요?"

"요즘 세상은 머리로 돈 버는 세상이 돼서 네 뜻대로 될지 모르겠다. 그래도 네 패기는 좋아 보인다. 그만한 자신감이면 뭐든 잘 팔겠어."

"와, 삼수 형 사람 볼 줄 아네요."

삼수 오빠와 은찬이는 죽이 잘 맞았다. 나는 둘의 대화를 들으면서도 마음이 무거웠다.

"전 여기서 빨리 나가고 싶은데 모두 마음이 편한가 봐요?"

"야! 너만 그런 건 아냐. 나도 여기서 나가고 싶어."

삼수 오빠가 삐딱하게 말했다.

"선배면 우리보다 아는 게 더 많지 않아요?"

시윤이도 거들었다.

"내가 방법을 찾았으면 지금 여기 없지. 그럼 똑똑한 네가 방법 좀 알려줘 봐."

"아, 형. 왜 말을 그렇게 해요. 효주야, 너도 그만두고."

시윤이가 분위기를 바꾸려고 내 옆구리를 찔렀다.

"그래, 너 공부 좀 하나 본데 네 눈에는 내가 한심해 보이겠지. 근데 나중에 너희 모습이 어떨지 아무도 모른다."

삼수 오빠는 자격지심인지 별말 아닌 거에 화를 냈다.

9

모래시계가 움직이지 않아 굉장히 불안해 미칠 것 같았다. 그래서 안나 선생님에게 찾아갔다.

안나 선생님은 친근한 얼굴로 날 맞이했지만, 막상 안나 선생님의 얼굴을 보니 말을 못 할 것 같아 머뭇거렸다.

"뭐 할 말 있니?"

"사실은……."

"왜 말을 꺼내는 게 그렇게 힘들어? 사람은 누구나 대나무 숲이 필요한 법이야. 아마 말하고 나면 넌 자유로워질 거야. 발설이 너를 자유롭게 하지. 말할 수 있는 용기를 내봐."

"아빠가 걱정돼서 마음이 굉장히 불안해요."

"그래, 혼자 계실 아빠가 걱정되겠지. 그래도 너무 걱정하지 마. 네가 현실 세계로 돌아가면 시간은 다시 이곳에 오기 전으로 돌아갈 거야. 혹시 다른 걱정 있는 거 아니니?"

"사실 전 나약한 제가 너무 싫어요. 심장이 뛰고 숨이 막힐 것 같은 증상이 왜 저한테 나타나는지 모르겠어요. 다른 아이들은 멀쩡한데 전 멘탈이 약한가 봐요. 엄마는 조산으로 저를 두 달 일찍 출산했대요. 그래서 인큐베이터가 아니면 전 죽었을 거라고 해요. 그때 그냥 죽었으면 이런 고민도 안 했겠죠. 더구나 아빠에게 실망을 주지 않았을 거고요."

"정말 그럴까? 그때 죽었다면 가족 모두가 행복했을까."

안나선생님은 좀 전의 친근한 미소 대신 노여움이 묻은 얼굴이었다.

"날 따라와 봐."

"어디 가시게요?"

"의식의 전망대 쪽으로 가보자. 네가 봐야 할 게 있어."

10

안나 선생님과 함께 의식의 전망대로 올라왔다. 망원경 앞
에 서자 긴장이 되었다.

"여기서 의식을 집중해 네가 태어난 시간을 떠올려 보렴.
그리고 너의 모습도 함께 떠올려 봐."

안나 선생님은 담담히 말했다.

나는 안나 선생님의 말대로 생각을 집중해 내가 태어났던
17년 전 그 시간을 떠올렸고, 이번엔 내 모습까지 함께 떠올
렸다.

잠시 후 놀랍게도 나는 산부인과 분만실 앞에 서 있었다.
분만실 안에는 의사와 간호사의 뒷모습이 보였다. 분만실 문
을 살짝 열며 안을 들여다보았다. 분만실 안에서 뭔가 술렁거
리는 기운이 느껴졌다. 그들은 무언가를 보고 있었고 다급한
말소리도 들렸다.

"아기가 숨을 쉬지 않아요. 호흡이 안 되고 심장이 뛰질 않아요."

아기의 울음소리가 분만실 안에 들리지 않았다.

그때 누군가 흐느껴 우는 소리가 들렸고 분만대 사이로 아빠의 얼굴이 살짝 보였다.

의사들이 빠져나오고 분만대 위의 지친 엄마의 얼굴이 드러났다. 아빠는 그런 엄마를 안아주며 토닥이고 위로했다. 아기가 죽은 게 분명했다.

잠시 후 아빠는 엄마가 잠든 사이 병실을 빠져나왔다. 아빠는 혼자 병원 밖으로 나와 1층으로 내려갔다. 나도 아빠를 뒤쫓아 내려갔다. 아빠는 병원 밖으로 나와 하늘을 올려다봤다. 잠시 후 주머니에서 뭔가를 꺼냈다. 작은 아기 신발이었다. 아빠는 그 신발을 물끄러미 바라보며 눈물을 흘렸다. 그 순간 마음이 안타까워 나도 모르게 아빠에게 다가섰다.

"아빠, 저 효주예요. 저 이렇게 살아 있어요."

아빠는 고개를 돌려 내 얼굴을 힐긋 보더니 뭔가 홀린 듯한 표정으로 말했다.

"얘야, 난 널 처음 보는데 그게 무슨 소리니? 우리 딸은 방금 세상을 떠났어. 그러니까 날 괴롭히지 말고 네 갈 길 가줄래? 그게 날 도와주는 거야."

아빠는 슬픈 눈으로 말했다.

"아빠……."

망원경에서 눈을 떼자 다시 의식의 전망대 앞으로 돌아와
있었다.

"어떠니? 이래도 네가 그 병원에서 죽는 게 더 나았을까? 그
렇게 너의 존재가 하찮은 것 같니? 그럼 너의 엄마는 어땠을까
궁금하지 않니? 다시 한번 엄마를 떠올려 봐."

안나 선생님이 엄마라는 말을 했지만, 나는 엄마의 그림 공
부에 방해만 된 내가 없는 게 차라리 잘된 일처럼 생각되었다.

나는 다시 시간을 거슬러 올라가 병원 분만실 이후의 엄마
얼굴과 날짜를 떠올렸다.

어느새 마당이 있는 주택 앞에 서 있다. 나는 그 집의 열린
대문을 지나 현관으로 걸어갔다. 거실 유리창으로 소파에 앉
아 있는 엄마의 모습이 보였다. 엄마는 테이블 위에 놓인 술잔
을 기울이고 있다. 벌써 두 병째 독한 술을 마시며 엄마는 옆
에 놓인 신생아 용품들 중에서 배냇 가운을 집어 들었다. 작은
배냇 가운을 뚫어지게 보더니 가슴에 품었다.

"이제 이런 게 무슨 소용이니? 넌 내게서 떠났고 난 엄마가

될 기회를 잃었어."

엄마는 혼잣말을 중얼거렸다.

잠시 후 엄마는 비틀거리며 자리에서 일어나 아기용품을 창밖으로 집어 던졌다. 단 한 번도 망가진 엄마의 모습을 본 적이 없던 내게는 큰 충격이었다.

"엄마……."

취한 탓인지 엄마가 몸을 휘청거렸다. 그리고 그림과 물감, 이젤들을 손으로 들어 바닥에 내던졌다.

"내게 그림이 다 무슨 소용이야."

엄마는 모든 걸 포기한 사람처럼 절망하며 바닥에 주저앉아 얼굴을 파묻고 울고 있었다. 나는 그런 엄마가 안타까워 손을 뻗어 현관 안으로 들어가려 했다. 그러나 소용없는 일이라는 걸 알고 있었다. 지금의 이 상황은 내 능력 밖의 일이었다.

나는 다시 망원경에서 눈을 뗐다. 내 의식이 다시 전망대 앞으로 돌아왔다.

"너무 끔찍해요."

"네 말대로라면 끔찍하지. 그걸 깨달았으면 됐어. 네가 만약 그때 죽었더라면 네 엄마는 그림을 포기했을 거고 온전하지도 못했어. 네 아빠 역시 마찬가지야. 모든 게 선택이고 갈

림길이야. 네가 피하고 싶다고 피할 수 있는 게 아냐. 이제 차분하게 마음을 가라앉히고 이곳에 적응해 봐."

안나 선생님은 다시 부드러운 표정으로 날 지켜보았다.

11

의식의 전망대에 다녀온 후 여전히 마음은 혼란스러웠다. 그 탓인지 모래시계 역시 움직임이 없었다. 전망대에서 본 엄마는 날 무척이나 아끼고 사랑했다. 아빠 역시 마찬가지다. 그런데 이렇게 불안한 이유가 뭘까.

중학교 첫 시험 때부터일까?

중학교 첫 성적표를 받은 날이었다. 아빠는 내 성적표를 내심 기다렸던 터라 퇴근도 하기 전 카톡으로 성적표를 사진으로 찍어 올리라고 재촉했다. 나는 아빠가 퇴근한 후에 보여주고 싶었지만 지체할 수 없었다.

국어 92

영어 100

수학 100

역사 95

과학 97

미술 95

도덕 95

한문 95

음악 90

- 너 공부하긴 한 거니? 혹시 너 1등 하기 싫은 거 아니지?

- 어떻게 100점이 두 과목밖에 안 나올 수 있니?

- 일단 학원 끝나고 아빠랑 상담 좀 하자.

아빠는 그날 저녁 집으로 돌아와 내 성적표를 다시 보고 절망적인 얼굴을 했다.

"중학교 시험은 최소한 100점이 다섯 과목 정도는 나와야 맞지. 왜 이런 성적이 나왔는지 말해봐."

"첫 시험이라 좀 긴장한 것 같아요."

"너도 알다시피 아빠는 회사 일 빼고는 네 성적에만 집중하고 있어. 여러 학원을 돌며 정보를 수집하고 상위권 엄마들하고 카톡방에서 정보를 교류하는 것도 쉽지 않아. 이런 아빠를 알아달라는 건 아냐. 네가 1분 1초라도 오로지 공부에만 집중한다면 다음번엔 100점이 일곱 과목 이상 나올 거라 믿는다. 아빠가 널 얼마나 사랑하고 아끼는지 알지? 아빠를 실망시키지 말아다오."

"죄송해요. 다음에 더 잘할 수 있도록 노력할게요."

사실은 최선을 다해 노력했고 그래서 후회가 없는 시험 결과였다. 그러나 아빠에게는 만족이 되지 않는 결과였다. 난 아빠를 만족시키기 위해 더 노력해야 했다. 아빠가 방을 나간 뒤 내 기분은 땅 밑으로 꺼져 들어간 느낌이었다.

그것도 아니면 아빠의 생일 때문이었을까.

아빠의 생일은 주로 평일이어서 시간이 나지 않아 생일 이벤트를 따로 챙기지 못했다. 그해는 마침 생일이 토요일이라 아빠를 위한 생일 케이크를 만들 계획을 세웠다.

아빠는 회사 부서 등산이 있어 아침부터 집을 나섰다. 아빠가 없는 시간은 케이크를 만들 좋은 기회였다. 오전부터 학원을 빠지기로 했다. 케이크는 만드는 데 시간이 많이 걸려 어쩔 수 없었다. 학원을 빠지는 게 마음에 좀 걸렸지만 학원에 하루 안 간다고 성적이 떨어지진 않는다.

오늘만은 아빠의 생일을 축하하는 시간을 가지고 싶었다. 그래서 초코 케이크를 만들기로 했고 케이크 재료들을 준비했다. 유튜브 검색을 통해 준비한 재료들을 순서대로 정리했다. 먼저 케이크 시트를 만들고 초콜릿도 녹여야 했다. 케이크 만드는 일은 생각보다 번거롭고 힘들었다. 아빠가 이 케이크를 보면 어떤 얼굴을 할까. 분명 기뻐하실 거라고 믿어 의심치 않았다. 마지막으로 케이크 위에 얹을 초까지 준비하고 나니 완성되었다. 처음 만든 케이크라 모양이 조금 울퉁불퉁하고 매끄럽지 않았지만 뭔가 해냈다는 성취감으로 뿌듯했다.

아빠는 오후가 다 되어 집으로 돌아왔다. 나는 서둘러 거실 불을 껐다. 그리고 현관으로 들어오는 아빠를 향해 폭죽을 터트렸다. 아빠는 갑자기 터지는 폭죽에 놀란 눈치였다.

"아빠, 생일 축하해요!"

케이크에 불을 붙여 현관 쪽으로 들어오는 아빠를 향해 다가갔다. 아빠는 웃음 대신 놀란 눈으로 촛불을 껐다. 어둠 속에서 본 아빠의 표정이 밝지 않았다.

"네가 이 시간에 왜? ……학원 빠졌어?"

"네……."

그 순간 어둠 속에서 아빠의 손이 내 얼굴로 날아왔다.

짝!

순간적으로 볼이 뜨거웠다.

"효주야! 누가 너더러 이런 케이크 만들어 달라고 했니? 난 이런 거 하나도 받고 싶지 않아. 돈 주고 시간을 사야 할 판에 학원까지 빠진다는 게 말이 되니? 지금이라도 빨리 학원 갈 준비해!"

어두웠지만 아빠의 목소리에 화가 잔뜩 묻어 있다는 걸 알 수 있었다. 아빠의 예상치 못한 반응에 나는 반쯤 넋이 나가 저항도 할 수 없었다.

"오늘 아빠 생일이잖아요."

학원 가라는 말에 나도 모르게 중얼거리듯이 말했다.

"단 1분이면 케이크 전문점에서 살 수 있는 걸 학원마저 빠지며 만들 일이니!"

아빠는 여전히 화가 풀리지 않는 얼굴이었다.

내가 아빠의 생일을 위해 학원을 하루 빠진 일이 손찌검까지 당할 일이었는지 이해가 가지 않았다. 내 머릿속에 누군가 느닷없이 뜨거운 물을 끼얹은 것 같은 느낌이었다. 아빠는 말이 없는 내 모습에 조금 당황한 듯 표정을 누그러뜨렸다.

"알았어. 네 정성은 이미 받은 거고 빨리 옷 입어. 아빠가 학원에 데려다줄 테니까."

아빠는 서둘러 내 겉옷과 가방을 챙겨주고 승용차로 학원 앞에 내려주었다.

학원 앞에서 아빠의 승용차가 사라질 때까지 차 꽁무니를 바라보았다. 나는 그날 학원에 가지 않았다. 아빠에 대한 많은 생각들이 혼란을 주었다. 학원 근처 공원을 걸으며 마음을 추슬러 보려고 애를 썼다.

아빠를 기쁘게 해줄 수 있는 선물은 1등 성적표 외에는 없는 것일까? 딸을 의대에 꼭 보내야 하는 이유가 뭘까? 어디서부터 잘못된 것일까? 초등학교 수학 경시대회에서 1등을 했던 그 시간부터일까? 아니면 엄마가 떠난 그 시간부터일까? 여러 가지 생각들이 날 괴롭혔다. 그날을 떠올리면 아직도 볼이 얼얼한 것처럼 아프다.

12

수학이 재미있던 때가 있었다. 시간이 걸리더라도 문제 해결에 집중할 수 있었다. 낮에는 증명하고 밤에는 반증하는 묘미가 있었다. 추론과 증명도 시간은 걸렸지만 결과를 도출하는 과정이 흥미로웠다.

그 덕인지 초등학교 고학년 때는 수학 성적이 아주 좋았다. 특히 수학 경시대회에서 수상은 늘 빼놓지 않았다. 아빠는 내가 상을 탈 때마다 흐뭇한 미소를 지으셨다. 평소에 볼 수 없던 활기찬 기운이 집 안 곳곳에 흘렀다. 항상 무겁기만 한 아빠의 입에서는 향기로운 말들이 쏟아지기도 했다. 나는 그런 분위기가 좋았다.

그 뒤로 나는 초등 의대반이 있는 학원으로 옮겨졌다. 초등 의대반 시험에도 운 좋게 들어갔다. 초등 의대반 선발고사는 높은 경쟁률을 뚫고 소수만 합격되었다. 이곳에서는 모두가 잠재적 경쟁자다. 누군가 성적이 오르면 누군가는 떨어지고, 한 명이 붙으면 한 명이 떨어지는 법. 성적에 영향을 미치는 어떤 정보도 쉽게 발설하지 않았다. 친한 친구끼리도 "어디 학원 다녀?"라고 묻지 않는 암묵적 규칙이 있었다. 큰 길가에 있는 대형 학원들과 달리, 학교별 내신에 특화된 알짜배기 학원들은 뒷골목에 숨겨져 있었다.

특히 학원에서 프린트를 나눠주면 자신이 어떤 학원에 다니는지 모르게 하려고 학원 이름이 적힌 맨 앞장을 뜯는다는 말이 있을 정도였다. 학원에서 친구가 자면 일부러 안 깨우는 분위기였다. 여기서는 이번에 우리 애가 서울대, 연대를 갔다 하더라도 어디서 컨설팅받았는지 남들한테는 비밀이었다. 왜냐하면 재수, 삼수를 하는 아이들이 많기 때문이다. 아빠는 기대감이 커지는 만큼 내 공부에 관여하는 날이 많아졌다.

아빠는 난이도 있는 문제를 몇 분 안에 풀었는지 늘 스톱워치 타이머로 재게 했다. 쌓여 있는 문제집을 풀면서 시간을 줄이려 애를 쓰는 동안 나는 머리가 심장을 갉아 먹는 느낌이 들었다. 그러는 사이 예전만큼 수학 문제를 푸는 게 재미있지 않아졌다. 시간에 쫓기는 중압감이 조금씩 날 힘들게 했다. 그러나 아빠한테 어떤 내색도 할 수 없었다.

아빠는 회사가 끝나면 학원가를 돌며 나를 픽업했고, 학원 수업이 끝나는 늦은 밤까지 문을 여는 카페를 전전하며 졸음을 참았다.

아빠는 중견기업에서 구매부장으로 일하고 있다. 유년기부터 부모의 도움 없이 혼자 공부해 대학에 진학했고 대학에서도 아르바이트로 일과 공부를 병행하면서도 장학금을 놓치지 않았다. 부모님이 조금만 여유가 있었다면 자신은 의대에 가고 싶었다고 했다. 그러나 어려운 가정 형편으로 스스로 꿈을 접었다. 아빠는 회사에서 퇴직 압박을 받게 될까 봐 불안감에 시달렸다. 그래서 어쩌면 하나밖에 없는 딸에게 아낌없는 지원을 하고 있는지도 모른다. 그런 아빠의 뒷바라지에 나는 실망을 줄 수 없었다. 아빠의 기대를 저버리는 건 죄를 짓는 것 같았다.

학원에서 중등 의대반으로 올라갈 때는 살인적인 경쟁을 통과해야 했다. 초등학교 때 1등을 안 해본 아이들은 없었다. 1등만 하던 애들이 모여 다시 1등을 놓고 경쟁했다. 스물다섯 명 중 25등이 나올 수밖에 없었다. 나는 늘 두려웠다. 내가 꼴찌를 하게 될까 봐 잠이 오지 않았다. 거기 모인 애들은 경시대회 영재반 반장, 전교 회장 등 이력이 화려한 애들이 대부분이었다. 더구나 멘사 회원들도 꽤 있었다. 난 그런 아이들 틈에서 이길 자신이 없었다. 매번 한 문제라도 틀리지 않아야 했다. 그때부터 몸에 이상 증상이 나타났다. 병원에서는 과민성으로 심장이 두근거리고 수시로 화장실을 가는 거라고 했다. 그래서 시험 당일에는 아무것도 먹지 못했다. 문제를 푸는 동안 배가 아플까 봐 늘 신경이 쓰여 병원에서 약을 미리 지어 먹기도 했다.

13

"오늘 밤 우리 저 벽을 한번 테스트해 보자."

삼수 오빠가 먼저 말을 꺼냈다.

"아무리 생각해도 저 벽 좀 이상하지 않아? 벽이 우리의 마음을 감시한다는 게 말이 안 되잖아."

"형, 나도 그 점이 이상해. 모래시계가 꼼짝도 안 하는데 벽이 우리를 다시 빨아들일까?"

"그러니까 해보자. 어쩌면 이건 속임수일지 몰라. 마음 따위가 뭐가 중요해. 그리고 이 모래시계, 장난감일 수도 있어. 내 몸에 아무 이상도 없는데 모래가 한 톨도 아래로 흐르지 않아."

"그건 나도 마찬가지야."

시윤이도 몸에 이상이 없다고 했다.

"이대로 그냥 있을 수는 없잖아."

"지금은 안나 선생님도 잠이 든 시간이야. 그러니까 우리 벽을 한번 시험해 보자."

너 나 할 것 없이 우리 조원 모두가 의견을 모았다.

캄캄한 밤이지만 검은 벽은 가로등 아래 굳건히 서 있다. 벽은 높았고 불이 꺼진 것처럼 어둡다. 저런 검은 벽에서 몸이 빠져나왔다는 게 믿어지지 않았다. 우리는 서로 손을 잡고 벽 앞으로 조심스레 다가갔다. 벽을 향해 한 걸음씩 옮길 때마다 이상하게 심장 박동이 조금씩 빨라지는 느낌이다. 나만 그런 게 아니다. 은찬이 역시 벽이 가까워질수록 머리가 아프다며 내 손을 놓고 말았다. 삼수 오빠 역시 배를 움켜쥐며 시윤이의 손을 놓아버리고 주저앉았다. 우리는 벽 앞에서 움츠러들었고 더 이상 한 발짝도 나갈 수 없었다.

"도저히 안 되겠어. 벽이 우리를 거부하고 있어."

"이러다 영영 벽 안에 갇히게 되는 거 아닐까?"

은찬이는 벽 가까이에 다가서자 갑자기 마녀 얼굴이 떠올랐다고 했다.

"아직 마음의 준비가 안 됐나 봐."

은찬이는 머리를 움켜쥐며 힘겹게 말했다.

"나도 마찬가지야. 갑자기 속이 울렁거리면서 토할 것 같아."

시윤이가 가슴을 치며 괴로움을 호소했다.

삼수 오빠가 그냥 기숙사로 돌아가자고 했다.

벽은 빛이 나지도 않았고 광채의 회오리도 일지 않았다. 거짓말 탐지기 같은 벽 앞에 압도된 기분이다.

14

우리의 무모한 시도는 의미 없이 끝났다. 이제 피움학교에서 시간을 보내며 모래시계가 움직이는 걸 기다릴 수밖에 없다. 조급하게 마음먹을 일이 아니라는 사실을 어제 모두가 확인한 셈이다.

'어쩌면 이 벽 안의 세계를 부른 것도 너일 수 있어. 이번엔 너무 위태로웠어. 잠시지만 여기서 숨을 고르는 것도 나쁘지 않아. 이곳은 모든 게 기회로 가득해.'

벽이 내게 이런 경고를 하는 것 같다. 진짜 저 벽이 다시 반짝반짝 빛을 내며 우리를 현실 세계로 데려갈지 아무도 아는 사람이 없어 답답했다.

나는 손에 들고 있는 금장 모래시계를 다시 보았다.

마음의 힘이란 도대체 뭘까?

15

"안녕."

긴 머리를 높이 묶은 여자아이가 내게 말을 걸었다.

"너 얼굴에 화장 한번 안 해볼래?"

"한 번도 화장해 본 적 없어."

"난 뭐든 그리는 걸 좋아해. 너 화장 좀 하면 어떤 얼굴로 변하는지 보고 싶지 않아?"

그 애는 마치 처음부터 날 아는 것처럼 굴었다. 더구나 얼굴에 화장까지 곱게 하고 있었다.

"여기 온 지 얼마나 됐니?"

"나흘쯤. 넌?"

"난 이틀 정도."

나는 조심스럽게 말했다.

"여기 맘에 드니?"

"조금씩 적응하고 있어."

"여기 앉아봐."

그 여자애를 따라 큰 거울과 화장대가 있는 꾸밈 방으로 갔다. 그 애는 내 얼굴을 자세히 뜯어보더니 순식간에 화장을 해주었다.

"맘에 들어?"

큰 거울에 비치는 내 얼굴은 낯설었다.

"내가 모르는 내 얼굴 같아. 근데 마음에 들어."

"다행이야. 너 우리 조는 아닌 것 같은데, 이름이 뭐니?"

"노효주, 고1이야."

"와, 나도 고1이야. 이름은 김민정, 반가워."

"김민정? 와, 너 우리 엄마랑 이름이 같아."

"진짜? 하긴 우리 반에도 나랑 같은 이름이 있어. 내 이름이 좀 흔하긴 해. 우리 동갑이니까 친구 하자."

민정이는 상당히 밝은 아이였다. 당찬 성격에 나랑은 반대로 보였다.

"근데 넌 여기 어떻게 왔어?"

내가 조심스럽게 물었다.

"글쎄, 나도 모르겠어. 내가 여기 온 날은 엄마하고 다투던 날이야."

"엄마하고 다퉈?"

"솔직히 난 미대에 가고 싶은데 우리 집 형편이 좀 어려워. 그래서 미대를 포기하라는 엄마랑 많이 다투고 속이 상해 집을 나와버렸어. 그리고 미친 듯이 거리를 방황하다 명문 미대 입시학원 앞으로 갔어. 명문대 합격 현수막이 걸린 벽 앞에 서게 됐어. 그 순간 그 학원에 갈 수 없다는 절망에 심장이 쪼이면서 머리가 깨질 듯 아팠어. 그리고 현수막이 걸린 벽으로 빨려들어 왔어."

"그랬구나. 너무 속상했겠다."

나는 민정이에게 내 고민도 털어놓았다.

"효주야, 난 네가 부럽다. 그래도 학원에 갈 수 있고 네가 원하는 걸 할 수 있잖아. 우리 집은 돈이 없다는 이유로 무조건

반대야. '우리 집은 돈 많이 드는 미술은 안 돼.' 그 말을 엄마
에게 듣는데 너무 슬프더라."

그 말을 하던 민정이의 눈동자에 갑자기 눈물이 맺혀버렸
다. 난 민정이의 눈물에 당황해 나도 모르게 살며시 손을 잡아
주었다.

"네 얘기 들으니까 나도 슬퍼. 근데 넌 꿈이 너무 간절해 어
떤 방식이라도 미대에 갈 것 같아."

나는 어떤 말이라도 해서 민정이를 위로해 주고 싶었다.

"효주야, 고마워. 아마 네 말대로 될 거야. 너에게 그런 말을
들으니까 용기가 나는 것 같아. 근데 넌 여기서 뭘 체험해 봤
니?"

"아직……."

"너도 하고 싶은 게 있으면 해봐. 여기선 뭘 하든 문제가 안
되잖아."

그 애 말은 틀리지 않았다. 여긴 누군가를 가르치려 들지
않았고 그저 배우는 곳 같았다. 우리는 자기가 하고 싶은 걸
하기 위해 용기만 내면 됐다. 그동안 부르고 싶었던 노래들을
부르는 아이도 있었고 읽고 싶었던 책들을 한 아름 안고 와 종
일 읽는 아이도 있었다. 종일 기타만 치고 있는 아이도 보였고
피아노에 빠져 사는 아이도 있었다. 또 다른 아이는 케이크 재

료를 쌓아두고 케이크를 만드는 일에 집중하기도 했다. 그 애들은 누구의 지시에 따라 움직이지 않았다. 그들은 피움학교의 교실에서 자기의 속도대로 배워나갔다. 마음 깊은 곳에 숨겨두었던 생각을 꺼내기만 하면 됐다. 결과물에 대해서 조언은 해주어도 점수는 매기지 않았다. 이런 일들은 꿈같은 일이었다. 누군가 그렇게 해도 괜찮다고 하는 것 같았다. 만약 벽 너머의 세상에서 이런 일을 하며 시간을 보낸다면 조롱을 받을지 모른다. 여기선 아무도 재촉하지 않고 눈치를 볼 일이 없었다.

16

저녁에 우리는 거실에서 다시 모였다.

"노효주, 넌 오늘 뭐 했니?"

삼수 오빠가 오늘 한 일에 대해 물었다.

"음⋯⋯. 의식의 전망대도 갔고 화장도 해봤어요."

"와! 네가 화장했다는 게 믿어지지 않네."

시윤이가 짤막하게 반응했다.

"여기에서는 누가 뭐라는 사람 없잖아."

"아직도 누나는 해본 게 별로 없네."

"이제 조금씩 해보려고 해."

나는 맞은편에 있는 은찬이를 보며 말했다.

"야, 그나저나 마음을 움직이는 방법을 찾아야 할 텐데 뭐라도 해야 하는 거 아닐까. 이렇게 모인 김에 우리가 왜 여기 오게 됐는지 터놓고 얘기해 보면 어때? 선생님이 우릴 팀으로 묶은 이유가 우리끼리 소통하면서 답을 찾으라는 거 같아."

삼수 오빠가 어제 검은 벽에서 생긴 일로 많은 생각을 한 것 같다.

"진실 게임 같은 거?"

"어차피 우리끼리 숨길 게 뭐 있어요?"

시윤이가 자기 생각을 분명히 말했다.

"그럼 은찬이 너부터 말해봐."

"저부터 말할게요."

은찬이는 조금 전 표정과 달리 진지한 얼굴을 하며 입을 열었다.

"사실 제가 여기 온 이유는 성적표 때문이에요."

"성적표? 네가 성적이 나쁘다는 건 우리 다 알고 있잖아."

"그게 아니라…… 성적표를 조작했거든요."

"뭐! 성적표를 조작해? 정말?"

시윤이가 놀란 듯 소리쳤다.

"살기 위해 성적에 손 좀 댔어요. 안 그럼 마녀한테 죽어요. 우리 집 마녀가 공부 좀 못한다고 사람 취급 안 해서 그랬어요. 다른 애들 밟고 올라간 것도 아니고 울 엄마 맘 좀 편안하게 해주려고 평균 10점 정도 올렸어요."

은찬이는 대수롭지 않게 말했다.

"너 간도 크다. 평균 10점이 뭐냐. 아무리 그래도 성적을 조작해?"

삼수 오빠가 이해 못 한다는 표정을 지었다.

"성적 때문에 맨날 집이 아수라장이에요. 이러다 대학 못 간다고 맨날 들볶아서 어쩔 수 없었어요. 대학 입시가 무슨 거름망도 아니고 맨날 걸러내고 분류하고. 학교가 내 운명 정해 주냐고요!"

"너 진짜 당돌하네. 그런 똘끼 있으면 여기 안 와."

어느새 안나 선생님이 거실에 와서 간식을 두며 한마디 거들었다.

"선생님, 들으셨어요?"

"귀가 있는데 그럼 안 듣니. 역시 내 촉이 맞았어. 은찬이가 사고 쳤구나. 성적표까지 조작했으면 엄마한테 칭찬받고 좋을 텐데 여긴 왜 왔을까?"

"처음에 조작한 성적표를 엄마한테 주니까 대우가 좀 다르더라고요. 용돈도 두둑이 주고 잔소리도 줄고요. 안타깝게도 내 인생의 레일이 순탄치 않나 봐요. 며칠 못 가 엄마한테 성적표 조작한 거 들켰어요."

은찬이는 기가 좀 죽은 듯 목소리가 작아졌다.

"엄마가 학교 선생님에게 성적 문제로 상담했나 봐요. 수업이 끝난 후 휴대폰을 열어보니 엄마한테 문자 한 통이 와 있더라고요. '괴물! 너 한다는 짓이 결국 엄마한테 사기 칠 궁리였니? 학교 끝나고 당장 집으로 와. 어디로 샜다간 넌 내 손에 죽을 줄 알아.' 그 순간 죽을 맛이었어요. 집에 도착하고 비밀번호를 누르려던 순간 심장이 초고속 엔진을 단 것처럼 쿵쿵거리는 거 있잖아요. 잠시 벽에 등을 기대고 숨을 고르려는데 갑자기 벽에서 빛이 쏟아져 나와 그냥 빨려들어 온 거 있죠."

"은찬아, 나도 너 같은 마음 먹은 적이 있어. 네 맘이 어떤지 알지."

옆에 있던 시윤이가 은찬이의 말에 고개를 끄덕였다.

"아무리 엄마 때문이라도 성적 조작이 뭐니?"

삼수 형이 가시 돋친 말로 은찬의 심기를 건드렸다.

"누군 그게 하고 싶어 했겠어요. 솔직히 말했는데 왜 비난이에요! 나 분조장이니까 더 이상 아무 말 말아요!"

"분조장? 분조장이 뭐니?"

"아씨! 분노조절 장애 몰라요!"

"분조장이 자랑이니? 대놓고 자랑질이게."

옆에 있던 시윤이가 한마디 했다.

"그래도 은찬이가 진실을 말한 건 아주 큰 용기야."

내가 나서서 은찬의 편을 들어주었다.

"은찬아, 말하기 힘든 비밀을 말해줘서 오히려 고마워."

"효주 누나, 고마워요. 한 사람이라도 내 맘을 알아줘 다행
이야. 내가 큰 사업가 되면 누나는 그냥 특채 합격이야."

은찬의 말 한 마디에 우리는 웃음을 터뜨렸다.

"내가 이런 말을 엄마한테 했더니 미친 소리 그만하래요.
엄마는 절대 날 인정 안 해줘. 내 기를 꽉꽉 꺾는 데 1인자야."

은찬이는 약간 흥분된 어조로 말했다.

"그럼 이번엔 누구 차례지?"

안나 선생님이 차분하게 진행 순서를 물어보았다.

말수가 별로 없는 시윤이 차례였다.

"너도 숨기는 게 있니?"

"숨겼다기보다 말하기 싫었어요. 난 원래 그림 그리는 걸
좋아했어. 그래서 일찍부터 진로를 미술쪽으로 정하고 입시
학원을 다녔어. 학년이 오를수록 입시에 필요한 기법이란 걸

배워나갔어. 그리고 공모전에 수없이 나가는 동안 그림이 좋아지는 게 아니라 점점 마음에서 멀어지는 걸 느꼈어. 그림이 좋아서가 아니라 대학을 위해서 그림을 그린 거야. 고등학교에 진학한 후부터 이상하게 그림 작업을 하려고 하면 토할 것 같은 증상이 있었어. 더구나 내 방에 있는 이젤이 너무 보기 싫어서 부숴버린 적도 있어. 엄마가 내 방에 와서 부서진 이젤을 보더니 '너 미쳤니? 왜 안 하던 짓 하냐'고 내 등짝을 팼어. 나는 이제 그림을 그릴 수 없을 것 같다고 했지. 엄마는 미술 안 할 거면 그동안 내게 들인 돈 다 토해내라고 했어. 그때 알았어. 내가 빚쟁이라는 사실을. 그래서 다시 미술 학원에 나갔어. 내가 여기로 넘어온 그날도 학원에 갔어. 언제나 학원 단상에는 그날의 제시물이 올라와 있는데, 그날따라 아무것도 올라와 있지 않는 거야. 강사님이 이제는 자유롭게 떠오르는 것을 그리라고 제시했어. 문제는 그다음이야. 내 머릿속이 하얘지면서 아무 생각이 나지 않는 거야. 흰 도화지가 유령처럼 보였어. 도화지의 유령은 날 집어삼킬 것만 같았지. 그 순간 숨이 헉 막히며 미술 학원 벽으로 빨려들어 온 거야."

시윤이의 사연은 거기까지였다. 시윤이는 시종일관 담담하게 말을 했다.

"와아, 다들 장난이 아니구나."

삼수 형이 턱에 손을 괴며 고개를 끄덕였다.

학교에서 시윤이는 말수가 없는 아이라 그런 고민거리가 있는지 몰랐다. 또한 그림 그리는 모습조차 보지 못했다. 늘 그 애는 손에 큐브를 만지작거리며 주변을 맴도는 아이였다.

"시윤아, 여기서 그림 그리는 동안에는 그런 증상 없었니?"

안나 선생님이 물었다.

"이상하게 여기선 그림 공포증이 없었어요."

"다행이구나. 은찬이는 여기 생활이 어떠니?"

"학교에서나 집에서나 빈껍데기 같았는데 여기선 저도 필요한 사람 같아요."

"은찬아, 빈껍데기라니. 내 눈엔 너처럼 공감 잘하고 패기 있는 아이도 드물어. 그건 널 부정하는 소리야."

안나 선생님이 안타까운 듯 은찬을 바라보았다.

"오늘은 너무 늦었으니 나머지 두 명은 다른 날 또 이야기해 보자."

"그게 좋겠어요."

17

다음 날 아침 거실로 내려온 은찬이와 시윤이는 상기된 목소리로 말했다.

"이것 좀 봐. 내 모래시계가 움직였어."

은찬이가 어깨를 으쓱거리며 우리에게 모래시계를 내보였다.

"나도 모래시계가 움직였는걸."

시윤이도 자기 모래시계를 내보였다. 진짜 모래 산이 아래로 흘러 줄어들었다.

우리는 은찬이와 시윤이의 모래시계를 보며 신기해했다. 이제 모래시계의 움직임을 의심할 필요가 없어졌다. 피움학교 활동도 더 적극적으로 할 마음이 생기게 됐다.

피움학교에서 마음에 드는 장소는 도서관이다. 원형의 서가는 책을 수직이 아니라 수평으로 눕혀 꽂았다. 스무 개나 되는 크고 작은 방에 분야별로 나뉜 서가와 공간이 마치 미로처럼 이어진다. 종일 바닥에 앉아 책을 보거나 쿠션을 베고 누워서 책을 봐도 눈치 주는 사람이 없다. 여기서는 종일 책만 봐도 상관이 없었다.

미로 끝 계단을 내려가자 작은 서가가 눈에 보였다. 그 서가에서 눈에 띄는 책이 한 권 있었다. 생텍쥐페리의『어린 왕자』였다.『어린 왕자』는 오래전 읽어보았지만 이해가 안 되는 내용들이 많았다. 책꽂이에서『어린 왕자』를 꺼내 책장을 넘기자 눈에 들어오는 문장들이 있었다.

어른들은 숫자로만 판단한다.

어른들은 새로 사귀는 친구의 본질에 대해

질문하는 법이 없다.

어른들은 절대 이런 질문을 하지 않는다.

그 아이의 목소리는 어때?

어떤 놀이를 좋아하지?

그 아이는 나비를 수집하니?

어른들은 대신 이렇게 묻는다.

그 아이는 몇 살이야?

형제는 몇 명이니?

몸무게는?

아버지의 수입은 얼마나 되지?

어른들은 이런 질문으로 그 아이를 알 수 있다고 믿는다.

장밋빛 벽돌로 지은 예쁜 집을 봤어요.

창가에는 제라늄 화분이 있고

지붕 위에는 비둘기가 있어요.

집에 대해 이렇게 얘기한다면 어른들은 그 집을 상상하지 못할 것이다.

십만 프랑짜리 집을 봤어요.

어른들은 이렇게 말해야 한다.

그러면 어른들은 이렇게 말할 것이다.

굉장히 멋진 집이겠구나!

초등학교 때 나는 이 문장들이 뜻하는 바를 몰랐다. 다시 읽어보니 어린 왕자는 참 순수한 아이였다. 아빠에게 같은 반 친구를 소개한 적이 있는데 아빠가 가장 먼저 물어본 것은 "그 애 공부 잘하니?"였다. 결국 아빠가 궁금한 건 숫자였다. 그러는 사이 나도 모르게 사람을 성적으로만 판단하는 나쁜 습관이 생기게 됐다.

가끔 수학 경시대회에서 수상하지 않았다면 나는 피움학교에 오지 않았을 것 같다는 생각이 든다. 어떤 의미인지도 모르고 숫자를 쓰고 있는 것 같았다.

'사람들은 허겁지겁 급행열차에 올라타지만 정작 자신이 무얼 탔는지 몰라 불안에 떨며 시간을 흘려보내고 있어. 그럴 필요 없는데.'

어린 왕자가 내게 이런 질문을 하고 있는지도 모른다.

기숙사에서는 늦은 밤까지 깨어 있을 필요가 없다. 이곳은 시험도 성적도 없는 세계였다. 초조하고 긴장되는 시험 기간이 없어 그 점이 좋았다. 이곳에서는 아이들을 줄 세우지 않았다. '옆집에 있는 누구는 전교 1등이더라'라며 위협을 하는 어른은 없었다. 물론 학원이나 과외도 없다. 1등이라는 신기루를 따라다닐 필요가 없어 피로하지 않았다. 또한 두 시간 이상 책상에 앉아 있으면 안 된다는 규칙도 있다. 최소한 삶을 배울 수 있어야 한다는 게 피움의 정신이다. 열등한 아이들이라고 손가락질하지 않는다. 더구나 엄마 친구 아들이나 딸도 없고 들러리들은 보이지 않았다. 그저 자신의 속도대로 가면 그뿐이다.

기숙사 7층에는 황금별 공원이 있다. 잠자기 전 나는 이곳에 올라오는 게 좋았다. 이곳이 하늘과 가장 가까워 별을 가장 가까이 볼 수 있기 때문이다.

"효주야!"

민정이다.

"여기서 뭐 해?"

"별 보는 거야. 우리 아파트에서 하늘을 올려다보면 별이 잘 안 보이거든."

"아파트에서도 별이 안 보이는구나. 높은 데는 별이 다 보이는 줄 알았어. 근데 너 요즘 어떤 가수 좋아하니?"

"난 특별히 좋아하는 가수가 없어."

"진짜? 난 요즘 서태지와 아이들의 신곡인 〈교실 이데아〉에 빠져 있어."

"〈교실 이데아〉? 나 처음 들어봐."

"야! 그걸 어떻게 모를 수가 있어? 너 범생이 맞긴 하네. 와, 이 정도일 줄 몰랐다."

"내가 가수에 관심이 없어서."

"우리 반 아이들은 점심때면 모여서 이 곡 틀어놓고 떼창을 해. 너 한번 들어봐."

민정이는 목소리를 가다듬더니 이내 노래를 불렀다. 손을 위로 올려 춤 동작까지 하며 랩처럼 읊조렸다. 분명 이 곡은 내 귀에 처음 듣는 곡이었다.

"이런 곡이 있는지 몰랐어. 가사도 너무 공감이 가네."

"그래, 너 나중에 여기 나가면 한번 들어봐. 진짜 너도 빠질 거야."

"너 목소리가 힘이 있고 듣기가 좋은데?"

"나처럼 형제 많은 집에서 태어나면 목청이 터질 수밖에 없어. 그렇지 않으면 내 몫이 없거든. 넌 형제가 몇이야?"

"나…… 외동이야."

"진짜? 너무 부럽다. 내가 제일 부러워하는 게 외동딸이야. 너 혼자 부모님 사랑도 독차지하고 뭐든 다 해주잖아."

"그게 그렇게 부러워?"

"그럼, 얼마나 부러운데. 난 사 남매야."

"와! 진짜 많다. 요즘 그렇게 형제 많은 집 드문데."

"아냐, 내 주변은 거의 셋 이상이야."

"와! 신기하다."

민정이는 형제가 많은 집에서 자란 탓인지 나랑은 성격이 완전히 달랐다.

"외동딸이면 뭐든 다 해주는데 넌 뭐가 고민이니?"

"나랑 하루만 바꿔 살아보면 그런 말 안 할 거야. 난 그만둘 자유가 없어."

"그만둘 자유? 그게 뭔데? 이해가 안 가네."

민정이는 이해 못 하겠다는 눈빛으로 날 보며 웃었다.

그때 시윤이가 우리 앞으로 다가왔다.

"민정이 너도 와 있네."

시윤이가 민정이를 알아보았다.

"효주야, 민정이는 나랑 같은 미술반이야. 근데 너희 둘 진짜 닮은 거 알아?"

"우리 둘이?"

"모르는 사람이 보면 자매라고 해도 믿을 거야."

시윤이는 우리 둘이 닮았다는 사실에 조금 놀란 듯이 말했다. 나와 민정이는 시윤이의 말에 서로 얼굴을 바라보았다. 민정이는 이마가 반듯하고 목선이 고왔다. 볼이 붉은 모습이 나랑 닮은 것 같기도 했다.

"어쩌면 우린 전생에 자매였거나 아님 엄마와 딸이었을 수도 있어."

민정이가 시원스럽게 결론을 내리고 먼저 기숙사로 돌아갔다.

나와 시윤이는 별을 더 보기로 했다. 시윤이가 하늘을 올려다보며 내게 말을 걸었다.

"생텍쥐페리가 왜 경비행기를 탔는지 알겠다."

"우리가 사는 곳보다 여기가 별이 더 가까워 보여. 마치 하늘 지도가 펼쳐진 것처럼 별자리가 명확하잖아."

"나도 은하수는 처음 봐. 도심에서는 미세먼지 때문에 별 보기가 어려운데 여기서는 망원경도 없이 볼 수 있네. 신기해."

"왼쪽을 봐. 저거 전갈자리 맞지?"

"맞아, 은하수는 전갈자리 옆에 있다고 했어."

"저기 저거 북극성이지?"

"여기, 별 볼 일 없는 곳인 줄 알았는데 별 볼 일 있네."

"진짜 말이 된다."

시윤이의 농담에 웃고 말았다.

"내가 재미있는 얘기 하나 해줄까? 얼마 전에 엄마한테 별보고 싶다고 한 적 있거든. 그랬더니 엄마가 뭐라고 했는지 알아? '너 제정신이냐? 평생 보는 별을 왜 지금 보려고 하니! 대학 가서 봐라.' 이러는 거야. 그 말은 맞지만 열일곱에 보는 별과 성인이 되어 보는 별은 다르잖아."

시윤이가 자기 엄마의 성대모사까지 하는 바람에 나는 배를 잡고 웃었다.

"여기서 은하수가 보인다는 건 어쩌면 우리가 블랙홀 안에 갇혀 있어 그런지 몰라."

"가루처럼 흩어져 있는 별은 150억 년 동안 죽은 누군가의 영혼이래. 저 영혼들이 우리를 내려다보는 것 같아. 그래서 혹시 우리를 여기로 데려온 건가."

"그럴지도 모르지. 그럼 우린 150억 년 만에 이 지구에 태어난 거네."

나는 고개를 끄덕였다.

"와! 저기 좀 봐. 유성이 떨어진 것 아닐까?"

하늘을 올려다보자 밤하늘이 폭죽을 쏜 것처럼 순식간에 낮처럼 밝아지더니 눈부신 섬광이 번쩍거렸다. 경이로운 하늘이었다. 잠시 후 섬광은 사라지고 다시 하늘이 어두워졌다.

"시윤아, 저거 별똥별 맞지?"

"맞아, 별똥별이 떨어진 것 같아."

"별똥별은 유성이 지구 대기 마찰로 인해 불타는 현상이라잖아. 좋은 징조겠지."

"근데 난 너무 놀라 바라만 보다 소원도 못 빌었어."

"맨눈으로 별똥별을 볼 확률은 평생 한 번 있을까 말까야. 소원 빌 틈이 어디 있어. 눈으로 가득 담아놔야지."

"우린 특별한 사람 맞나 봐. 여기 온 것도 그렇고 별똥별 본 것도 그렇고."

별을 보고 있는 동안 벽 너머 세상 걱정도 잊고 있었다.

18

늦은 아침 우리 조는 거실로 다시 모였다. 아직 자신의 문제를 말하지 못한 삼수 오빠와 나의 이야기를 듣기 위해서다. 먼저 삼수 오빠가 입을 열었다.

"너희들도 알다시피 난 삼수생이라 이번이 마지막이라는 각오로 공부했어. 근데 최근 들어서 오르지 않는 점수 때문에 정말 힘들었어. 문제 분석과 복기를 거듭해도 막상 실전에선 머리에 안 들어와 항상 제자리였거든. 기하 과목이 쉽게 나오면 미적분에서 표준 점수 차이가 벌어져 불리하고 매사 유불리를 따져야 해. 문제는 내게 운이 따르질 않는 것 같아. 이제 학원에 가는 게 공포야. 그걸 참으려고 어금니를 꽉 깨무는 습관까지 생겼어. 더구나 내 동창들은 모두 대학생이야. 만약 이번에도 부모님이 원하는 대학 못 가면 그 뒤 난 어떻게 될까. 학원에 가면 선생님들이 하는 말이 있어. '너희들이 정말로 성공하는 방법은 이 지겨운 일을 꾸준히 해내는 것이다. 어느 한 분야에 일가를 이룬 사람들은 이 지겨운 일을 견뎌낸 사람들이라고 보면 된다.' 그 말을 새겨보지만 진짜 내가 명문대만 가기 위해 목적도 없이 공부해야 하는지 고민이야."

'삼수 오빠 정말 힘들겠어.'

나는 삼수 오빠를 보면서 마음이 안타까웠다.

삼수 오빠의 말은 계속 이어졌다.

"내가 생각 없는 빈 깡통 로봇이 된 것 같아."

삼수 오빠는 평소와 다르게 꽤나 진지했다.

"그래서 이대로 망가진 심장을 안고 기관실 앞칸으로 계속 돌진할지 아니면 기차에서 뛰어내려 레일을 바꿔 탈 것인지 고민이야."

삼수 오빠의 기분을 조금 알 것 같았다. 여기 모인 아이들 모두 다르지 않을 거다. 모두 침묵하고 있지만 공감하는 눈치였다.

"이제 노효주 차례야. 말할 수 있겠니?"

안나 선생님이 내게 물었다. 나는 어색하게 고개를 살짝 끄덕였다. 나는 내 집안 사정과 아빠에 대한 고민을 아이들에게 털어놓았다. 그리고 내가 이 벽을 넘어오던 날의 이야기도 꺼냈다.

"내가 벽을 넘어온 날, 마지막 과학 시험에서 답안을 밀려 쓰고 말았어. 마킹 실수를 한 거야. 지난 중간고사 때도 1등을 찍지 못했거든. 학기말 시험조차 어이없는 실수를 저질렀어. 아빠의 기대를 저버린 내가 미웠어. 아빠에게 매번 1등 성적표를 주고 싶은데……. 아무래도 그 부담 때문에 여기 온 것 같아."

말이 끝나자 모두 조용히 나를 바라봤다.

"누나가 밀려 쓴 건 실수지만 그게 아빠에게 죄짓는 건 아니라고 생각해."

은찬이가 안타까운 듯 말했다.

"효주가 마음고생이 많았구나."

안나 선생님은 고개를 끄덕였다.

"만회하지 못한 성적표를 보고 아빠가 실망할까 봐 무서워."

나는 짧은 한숨을 내쉬었다.

"일찍 고민을 털어놨으면 네 마음이 홀가분했을 거야."

"마음이 혼란스러워서 말이 안 나왔어요."

"지금부터라도 힘든 게 있으면 우리한테 털어놔. 혼자 끙끙거리지 말고."

삼수 오빠가 날 보며 위로했다.

시윤이는 입을 다물고 특별한 말이 없다. 나로서는 큰 용기를 낸 셈인데 큐브만 돌리고 있다. 내가 왜 시윤이의 위로를 들으려 하는지 좀 우스웠다. 속마음을 털어놓았지만 기분은 홀가분하지 않았다. 아직도 마음에 묵직한 돌이 박힌 느낌이다.

잠시 후 안나 선생님이 입을 열었다.

"지금까지 모두들 자신의 고민을 솔직하게 말해줬어. 고민을 안고 가는 것은 무거운 배낭을 혼자 메고 가는 것과 같아. 힘들지만 누군가와 대화하면 마음의 무게가 한결 가벼워져.

앞으로 너희의 모래시계가 조금 더 빨리 움직이길 기대할게."

안나 선생님은 우리가 마음을 보여준 게 희망적이라 했다.

19

나는 거실에서 빠져나와 의식의 전망대 방향으로 걸어갔
다. 잠시 잊고 있었던 아빠가 어떤 상황인지 궁금했다. 의식의
전망대에 도착하자마자 의식을 집중해 아빠를 떠올렸다.

잠시 후 망원경에는 아빠의 모습이 보였다. 아빠는 지하철
역 앞을 서성거리며 전단을 나누어주고 있었다. 아빠의 얼굴
은 수척했다. 회사도 휴직한 상태 같았다.

"아빠……."

나는 조용히 아빠를 불러보았다.

"아빠……."

아빠는 전단을 돌린 후 경찰서에도 들러 실종 수사의 진전
상황을 물었다. 특별히 진전이 없다는 경찰의 말에 아빠의 얼
굴은 까맣게 타들어 갔다. 아빠는 단서가 될 만한 것들을 종일
찾아 헤맸다. 결국 아빠는 길바닥에 주저앉아 한참을 멍하니
있었다. 아무리 나를 찾으려 애써도 흔적을 찾을 수 없는 상황

이 믿어지지 않는 눈치다. 세상에서 감쪽같이 사라진 아이를 찾는 건 쉬운 일이 아니었다. 아빠는 내가 실종된 이유를 자신에게서 찾기 시작했다. 모든 게 아빠의 잘못이라고 자책하는 듯 보였다.

날이 어두워진 후 아빠는 교회로 들어갔다. 어두운 예배실 안 맨 앞으로 나가 맨바닥에 무릎을 꿇고 기도했다. 아빠는 조그맣게 소리를 냈다. 아빠의 기도 소리가 들리지 않지만 분명 나를 찾게 해달라는 기도일 것이다.

그런 아빠의 모습을 보자 죄책감이 들었다. 저렇게 애타게 나를 찾는 아빠를 보니 마음이 다시 초조했다. 가방에서 모래시계를 꺼내보았다. 모래 산이 아래로 흐르려면 아직도 멀어 보였다. 내가 원하는 아빠의 모습은 저런 게 아니었다. 이러다 아빠까지 잃게 될지도 모른다는 생각에 무서웠다. 엄마가 떠난 후 나만 위해 살았던 아빠였다. 아빠 또한 엄마를 잃은 후 또다시 나를 잃는 두려움에 떨고 있었다.

가슴이 또 답답했다. 또다시 머리가 심장을 갉아 먹는 것 같았다.

의식의 전망대에 다녀온 후 꿈을 꾸었다. 꿈속에서 아빠의 얼굴이 보였다. 아빠는 내가 시험에서 답을 밀려 쓴 사실을 알고 얼굴빛이 어두웠다.

"너 그 정도였니? 그 시험이 얼마나 중요한지 잊었어? 의대를 목표하는 아이가 그런 실수를 해. 아무리 낮은 의대도 이런 성적으로는 갈 곳이 없어."

"아빠, 다시 기회를 주세요. 다음 시험에서 꼭 1등 할게요."

"그사이 다른 애들은 가만히 있을까?"

아빠는 단호하게 말했다.

'아빠, 꼭 의대를 가야 하나요?'

그 말을 하고 싶었으나 누군가 소리를 앗아간 것처럼 말이 나오지 않았다. 나는 허공에 손을 휘저으며 아빠를 향해 알 수 없는 말들을 쏟아냈다. 아빠는 그 소리 때문인지 노여운 표정이었고 내게서 점점 멀어져갔다.

20

다음 날 눈을 뜬 후 가장 먼저 모래시계를 보았다. 전날 조원들 앞에서 고백했던 일이 영향을 주었을 것 같았다. 그러나 모래시계는 한 톨도 아래로 흐르지 않았다. 기대는 혼자만의 생각이었다. 모래 산의 높이는 변하지 않았다. 이럴 수가 없다. 어떻게 한 톨의 모래도 좁은 구멍 사이로 흐르지 않을 수 있을까. 너무 화가 나 모래시계를 침대로 던져버렸다. 이 모래시계가 고장 난 건 아닐까 의심이 생겼다.

지하 식당으로 서둘러 내려갔다. 아침을 준비하는 삼수 오빠가 보였다. 삼수 오빠는 마침 토스트 빵을 굽느라 나를 볼 겨를도 없었다.

"삼수 오빠, 모래시계 어딨어요?"

"내 모래시계를 네가 왜 찾아?"

삼수 오빠는 자신의 모래시계를 찾는 게 의외라는 표정이었다.

"저기 식탁 위에 올려뒀어."

식탁에 올려 둔 삼수 오빠의 모래시계를 보았다. 오빠의 모래시계 입자는 아래로 흘러 있었다. 밤새 모래가 움직인 게 분명했다. 내 모래시계만 움직이지 않고 제자리다. 나는 그 자리에서 얼음이 된 것처럼 꼼짝할 수 없었다.

이게 뭐지? 그 자리에 있을 수 없었다. 결국 몸이 아프다는 핑계를 대고 주방을 빠져나왔다.

내 방으로 돌아온 후 한동안 멍하니 있었다. 이 상황이 혼란스러웠다. 그리고 속이 부글부글 끓었다. 모래시계의 변화가 없다는 건 내가 밖으로 나갈 시간이 지체된다는 신호였다.

마음이 편치 않았다. 나는 사람을 사귀는 데도 서툴고 남 앞에서 내 얘기를 꺼내는 것도 싫어한다. 그럼에도 용기를 내어 할 수 있는 말을 다 했다고 믿었다. 그런데 저 모래시계는 무슨 이유인지 한 톨의 모래도 움직이지 않았다. 모래시계가 사람의 마음을 훤히 꿰뚫어 본다는 게 기분이 나빴다. 도대체 무슨 기준을 가지고 모래를 움직인단 말인지 정말 알 수 없다.

　오후에 안나 선생님이 내 방으로 찾아왔다.
　"무슨 일 있니? 아침도 안 먹고 학교에서도 보이지 않아서 와봤어."
　안나 선생님은 걱정스러운 듯 물었다.
　"제 모래시계만 움직이지 않았어요."
　낮은 목소리로 조용히 말했다.
　"그랬구나. 너무 초조해할 것 없어. 이번에 모래시계가 안 움직였다고 실망하지 않았으면 좋겠어."
　"선생님, 한 가지 부탁이 있어요. 혹시 제가 원하는 시간대로 갈 수도 있을까요?"
　"노효주, 지금 그걸 말이라고 해? 그건 시간을 돌리는 일이야. 내게는 그런 능력이 전혀 없어. 시간을 되돌리는 일을 아무나 할 수 있다고 생각해?"

"그럼 선생님이 할 수 있는 게 도대체 뭐예요!"

알 수 없는 두려움 때문에 흥분해 안나 선생님을 향해 소리를 지르고 말았다.

안나 선생님은 내 어깨를 다독이며 마음을 안정시키려고 애를 썼다.

"내 얘기 잘 들어. 솔직히 말하면 나도 너희와 별반 다를 게 없어. 난 피움의 절대자가 아냐. 어쩌다 가이드란 직책을 맡았을 뿐이지 너희랑 다를 게 없다고."

"말도 안 돼요. 누가 안나 선생님에게 이런 일을 시킨다는 거죠?"

내가 그렇게 소리치자 안나 선생님의 눈동자가 흔들렸다. 뭔가 말하고 싶지만 말할 수 없다는 눈빛이었다.

"더 이상 묻지 마."

그걸로 우리의 대화는 끝났고 안나 선생님은 방에서 황급히 빠져나갔다. 뭘 숨기고 있어 묻지 말라는 건지 의구심이 들었다. 지금까지 안나 선생님이 이끄는 대로 따랐고 마음을 열었다. 안나 선생님의 저런 태도에 불안감이 더 커지기만 했다.

안나 선생님이 방을 나간 뒤 가슴이 답답해 창밖을 내다보았다. 창밖으로 보이는 검은 벽은 여전히 견고하게 서 있다.

마지막 과학 시험의 마킹을 하던 시간으로 되돌아가고 싶었다. 안나 선생님이 시간을 되돌릴 수 없다는 걸 알면서도 생떼를 부리는 아이처럼 굴었다.

얼마 전 신체적 증상으로 병원을 찾은 적이 있다. 그때 의사는 내 환경을 물어보았다. 그리고 내게 학생이 예민해서 생긴 문제 같다고 했다. 쓸데없는 생각을 버리고 단순하게 생각하라고 당부했다.

그 뒤 나는 병원에 가지 않았다. 언제나 문제는 나에게 있다는 결론이다. 어쩌면 그 말이 틀리지 않을 수도 있다. 그래도 최소한 내게 작은 위로의 말이라도 건네야 했다. 난 지금 아프고 아무 말도 귀에 들어오지 않는 환자였다. 그 뒤부터 어른들에게는 속마음을 말하는 게 어려운 일이라는 걸 깨달았다.

21

"와! 너 진짜 그림 잘 그린다."

시윤이가 나무 그늘 아래에서 이젤을 놓고 눈앞 풍경을 스케치하고 있다. 여기서 시윤이가 그림 그리는 걸 처음 봤다.

"심심해서 그려보는 거야."

시윤이 곁에 다가가 옆에 놓인 스케치북을 펼쳐보았다. 이름을 알 수 없는 야생초들, 푸르른 하늘 아래 춤추는 아이들의 모습이 스케치되어 있었다. 스케치북을 한 장씩 넘기자 머리를 감싸 안는 아이, 입만 크게 그려진 중년의 여자, 떠내려가는 아이들의 모습 등이 명암을 넣어 그려진 흔적이 있었다. 그림의 형태가 파편화되어 독특했다.

"시윤아, 화풍이 꼭 피카소랑 비슷해."

"뭘 좀 아네. 내가 좋아하는 화가야."

"피카소?"

"피카소는 입체파 화가인데 세상이 보는 시선을 그대로 따라가지 않고 자신만의 화풍을 만들었어. 모든 사물을 분리해서 그린 거야. 처음에 보면 어떤 그림인지 잘 몰라. 퍼즐처럼 하나씩 맞춰보면 그림이 완성돼. 재밌는 건 피카소 아버지의 교육열이 장난이 아니었대. 그 결과 피카소는 명문 미술학교에 들어갔지만 열다섯 살에 아버지의 기대와 달리 학교를 그만두고 말았어. 아버지는 피카소에게 실망하게 되고 피카소는 결국 아버지가 말하는 길과 다른 길을 가게 돼. 자신만의 길을 새롭게 개척해 입체파 화가라는 명성을 얻었고 세상에 없던 화풍을 만들었어. 만약에 아버지가 원하는 길을 갔다면 피카소는 그저 평범한 화가로 남았을지도 몰라."

"피카소는 어린 나이에도 자기주장이 있었네."

피카소의 이야기를 듣는 동안 아빠가 떠올랐다. 아빠 역시 피카소 아버지에 뒤지지 않는 교육열이 있었다.

어릴 때부터 나는 아빠의 말을 거역하지 못했다. 내가 아빠를 웃게 할 수 있는 유일한 사람이라는 생각이 아빠에 대한 연민과 숨바꼭질을 했다. 아빠에게 인정을 받으려 노력하면서 한편으로 '이게 내가 원하는 게 맞아?' 하는 의심도 나를 괴롭혔다.

"너 그림 공포증 극복했나 봐."

"여긴 내 그림을 평가하는 인간이 없잖아. 여길 언제 나갈지 모르지만 흔적은 남겨야 될 것 같아서."

"학교에서 그림 그리는 거 한 번도 못 본 것 같아."

"주로 학원에서 그려."

시윤이는 말을 하면서도 손을 분주히 움직였다. 노을 지는 피움학교의 전경을 슥슥 스케치하는 모습이 꽤 매력적이었다. 대화하는 동안에도 손은 비교적 빨랐고 자연스러웠다. 스케치에 집중하는 시윤이의 모습은 새로운 발견이었다. 자신이 좋아하는 일에 집중하는 모습은 언제나 사람을 빠져들게 한다.

"내 손은 똥손이라 너 같은 애들 보면 진짜 부럽더라."

"이 정도 그리는 애들 길에 널렸어. 너무 비행기 태우지 마

라. 난 공부 한번 잘해봤으면 소원이 없겠어. 아쉽게도 내겐 두 가지 재능이 없거든. 그림 잘 그리면 되지 성적까지 요구하는 거 너무 불공평해."

시윤이의 말이 맞는 말이었다.

"근데 너 아침에 무슨 일 있었니?"

시윤이는 처음으로 스케치하던 손을 멈추고 내 얼굴을 보며 물었다.

"그게……."

"말 안 해도 알겠어. 모래시계 때문이지?"

나는 고개를 끄덕였다.

"이러다 나 혼자 여기 남는 게 아닐까 좀 불안해."

"야! 걱정 그만해. 너의 시간은 또 다른 데서 흐를 거야."

시윤이는 내 무거운 마음을 털기라도 하듯 쾌활하게 말했다.

"효주야, 내가 페이스 페인팅 해줄까?"

"내 얼굴에?"

"자, 얼굴 대봐. 멋지게 변신할 거야."

시윤이는 옆에 놓인 물감 도구 가운데서 붓을 들었다. 느닷없는 제안에 잠시 머뭇거렸지만 이내 허락했다. 내 얼굴을 시윤이의 손끝에 맡기기로 하니 기분이 이상했다. 조금 전 무거웠던 기분이 싹 날아간 느낌이다. 상기된 얼굴로 시윤이와 가까이서 마주 바라봤다. 이렇게 가까이 남자애랑 얼굴을 맞대는 건 처음이다. 시윤이를 무뚝뚝하게만 봤는데 의외로 다정한 구석이 있었다.

시윤이는 내 왼쪽 볼에 붓으로 예쁜 돌고래를 그려주었다. 파란 물결까지 표현해 진짜 살아 움직이는 것처럼 보였다.

"와! 돌고래 예쁘다."

"돌고래는 먼바다까지 자유롭게 다니잖아."

"시윤아, 못 그리는 그림이지만 나도 네게 그려줄게."

"네가 날?"

나는 고개를 끄덕였다.

"네 왼쪽 손목 줘봐."

시윤이는 잠시 망설이더니 조심스럽게 손목을 내밀었다.

나는 붓을 들어 그 애의 손목에 있던 붉은 상처에 노란 나비를 그렸다.

"나비는 꽃이 있는 곳이라면 어디든 날아가잖아."

"너 그림 못 그린다더니 제법이네."

"내가 제일 잘 그릴 수 있는 곤충은 나비밖에 없어. 가장 쉽거든."

이제 시윤이의 손목에 노란 나비가 날고 있었다.

그날 밤 이상한 꿈을 꾸었다. 큰 바위의 암벽을 오르고 있는 아이들의 모습이었다. 보호장구도 하지 않은 채 높은 바위산을 오르고 있는 아이들은 위태롭고 아슬아슬했다. 누군가는 손바닥이 피투성이가 되어 있었고 어디선가는 암벽 아래로 떨어지는 비명도 들렸다. 나는 손바닥이 피투성이가 된 채 암벽을 붙들고 떨어지지 않으려고 애를 썼다. 너무 오래도록 붙어 있는 탓에 힘이 점점 빠졌다. 바위 꼭대기에서 누군가 깃발을 흔들며 빨리 올라오라고 소리쳤다. 힘을 내야 했다. 누군가 바위 아래로 떨어졌는지 비명이 또 한 번 났다. 아이들은 산을 오르는 이유도 모른 채 올라가고 있다. 암벽 아래를 내려다보았다. 누군가의 머리를 밟고 아슬아슬하게 붙어 있는 아이도 보였다. 이대로 포기할 수 없었다. 아무것도 하지 않으면 이 암벽을 탈출할 수 없기 때문이다. 힘을 풀어버리는 순간 아래로 떨어질 것이다.

"힘을 내. 힘을 내라고!"

그럴수록 누군가 내 다리를 끌어내리고 있는 것 같았다.

"도전하지 않으면 아무 일도 일어나지 않아."

누군가 또 내 귀에 속삭였다.

손이 까지고 찢어지더라도 암벽을 타고 오를 수밖에 없다. 저 암벽 꼭대기에 뭐가 있는지 우리는 이유도 모르고 올라갔다. 손바닥이 까지면서 버틸 힘마저 잃어버린 나는 순간 발을 헛디뎌 손을 놓치고 말았다.

"아아아악!"

그 순간 비명과 함께 잠에서 깨어났다. 얼굴과 목 주변의 머리카락이 땀으로 얼룩졌다. 어둠 속에서 금장 모래시계가 희미하게 보였다. 모래시계의 붉은 모래는 아직도 움직일 기미가 없이 그대로다. 땀을 닦으러 침대에서 일어났다.

침대 옆 창으로 본 하늘에는 달이 높게 떠 있다. 달빛 때문인지 주변이 밝았다. 내가 이곳으로 온 이후 아무도 밖으로 나간 사람을 보지 못했다. 진짜 이 벽을 통해 내가 있던 세상으로 나갈 수 있는 것일까. 부정적인 생각이 나를 흔들고 괴롭혔다.

22

피아노 소리가 귀에 들렸다. 그 소리를 따라가 보니 교실이 나왔다. 누군가 피아노를 치고 간 모양이다. 오랜만에 듣는 소리다. 나 역시 중학교에 들어가기 전까지 피아노를 쳤다. 피아노는 칠 때마다 늘 좋았다. 그러나 아빠는 내가 중1이 되자 피아노를 그만두는 게 좋겠다고 했다. 공부에 전혀 쓸모가 없다고 했다. 음대에 갈 게 아니면 시간만 낭비라고 했다.

"아빠……. 저 일주일에 한 번만이라도 피아노를 계속 치고 싶어요."

"공부할 시간도 없는데 피아노는 나중에 쳐도 돼. 중학생이 되면 취미로 피아노를 배우는 아이는 없어. 더구나 의대 가려면 분초를 쪼개서 공부해야 해."

아빠의 단호한 말에 내 생각을 더 우길 용기가 나지 않았다.

가끔 아빠가 집을 비울 때 몰래 피아노를 치기도 했다. 피아노 학원을 보면 달려가 건반을 누르고 싶었다. 피아노는 언제나 가슴을 뛰게 했다. 그러나 나는 성적을 위해 피아노를 포기해야만 했다.

"안녕, 나의 피아노."

피아노를 보자 이런 말이 나왔다.

피아노를 마주한 시간이 너무 오래되었다. 손으로 피아노를 조심스럽게 쓰다듬었다.

피아노를 접한 건 일곱 살 때다. 피아노 학원에 가는 날이 좋았다. 학원 문을 열고 맨 끝에 있는 작은 방에 들어가 건반을 누를 때면 세포가 깨어나 살아 움직이는 느낌을 받았다.

'피아노는 너를 오래도록 행복하게 할 수 없어.'

아빠가 했던 말이다.

형제자매가 없는 난 엄마가 떠난 뒤 허전한 마음을 피아노로 달래곤 했다. 하지만 중학교 1학년 어느 날, 아빠는 거실에서 피아노를 치워버렸다. 학교에서 돌아온 나는 피아노가 있던 자리에 주저앉아 눈물을 흘렸다.

피아노 의자에 앉아보았다. 건반 위에 손을 올려봤지만 막상 건반을 누를 자신이 없었다. 하얀 건반의 촉감이 점점 마음을 설레게 했다. 잊고 있었던 리듬들이 머릿속을 돌아다녔다. 내가 가장 좋아해 수백 번을 쳐봤던 〈로망스〉라는 곡의 악보가 떠올랐다.

기억 속에 남은 악보를 떠올리며 조심스럽게 손가락으로 건반을 눌렀다. 청아한 피아노 소리가 공간을 울렸다. 다행히 그 곡의 선율을 손가락이 기억하고 있었다. 피아노의 선율과 화음이 쌓여갈수록 나는 빠져들었다. 때로는 맑은, 때로는 격정적인 리듬 속으로 빨려들었다. 연어가 강을 거슬러 올라가듯이, 아름다운 선율은 마음속에 피아노가 들어왔던 그 시간으로 날 데려갔다. 어쩌면 마음 한가운데 묵혀두기만 했던 피아노였다.

피아노는 나에게 무엇이었을까.

그날 나는 원 없이 피아노를 칠 수 있었다. 내가 연주하는 소리를 들으며 목울대가 뜨거웠다. 알 수 없는 감정이 올라왔다. 이런 감정이 얼마 만인지 몰랐다. 이런 게 행복이라는 건지 모르겠다. 큰 행복은 아닐지 모르지만 나는 이런 감정을 느끼며 공부하고 싶다. 내가 원하던 것에서 도망쳤던 나다. 한 번도 내가 좋아하는 것에 대해 아빠에게 말해본 적이 없었다.

잠시 후 내 뒤에서 박수 소리가 들렸다. 시윤이였다.

"너야말로 재능을 숨기고 살았네."

"야, 너 숨어서 듣는 게 어디 있어."

"숨어서 들은 게 아니라 피아노 소리가 날 끌고 왔어."

"시윤이만 들은 게 아냐."

어느새 안나 선생님도 내 곁에 와 있었다.

"피아노를 치는 네 모습이 얼마나 행복해 보이던지, 지금까지 봤던 어두운 표정은 어딜 갔니? 피아노를 치는 넌 굉장히 행복해 보였어. 감정이 이렇게 풍부한지 처음 알았네. 너 의대 준비생 맞니?"

"그래봤자 제가 계속할 수 있는 게 아니잖아요."

내가 수줍게 웃으며 말했다.

"무슨 소리? 네 나이에 뭐가 늦었다는 거야? 작년에 유키 구라모토 공연에 간 적 있어. 너 이 곡을 좋아한다면서 유키 구라모토가 어떤 사람인지 모르는구나."

"네, 잘 몰라요."

"유키 구라모토는 피아노 전공자도 아냐. 피아노를 어릴 때부터 너무 좋아해 공대 졸업 후 망설이다가 피아니스트의 길을 걷게 된 거야. 지금 예순이 넘은 나이에도 피아노 연주를 하고 있잖아. 노효주, 넌 이제 열일곱이야. 늦었다는 소리가 나와?"

"진짜요? 정말 대단하네요."

"그러니까 늦었다는 소리 하지 마. 왜 너 스스로 한계를 짓고 가두려고 해. 넌 뭐든지 할 수 있는 나이야."

안나 선생님은 진심으로 날 아끼고 응원하고 있었다.

그날 저녁 놀라운 일이 생겼다. 그렇게 움직이지 않던 모래시계의 모래 산이 아래로 움직였다. 나는 금빛 모래시계를 두 눈으로 여러 번 확인했다. 마음의 에너지가 조금씩 채워지고 있다는 신호였다. 안나 선생님이 말하던 나만의 시간이 흐른다는 뜻이 조금 이해가 갔다.

23

다음 날 안나 선생님의 수업이 열렸다. 시를 감상하는 수업이었다.

이곳에서는 노래방 기계처럼 생긴 단자의 단추를 누르면 작가들의 시를 골라 감상할 수 있었다.

"낭독하고 싶은 시를 골라봐."

안나 선생님이 우리에게 시 낭독을 주문했다. 입시를 위해 시 공부를 한 적은 있어도 단지 감상하기 위해 시를 골라본 적은 없었다. 모두가 시를 고르는 데 망설였다.

"전…… 시를 고를 수 없을 거 같아요."

은찬이가 망설이며 시를 고르지 못했다.

"시 하나도 못 골라?"

삼수 오빠가 어이없다는 듯이 말했다.

"이상하게 뭐든 결정하는 게 자신이 없어요."

"은찬아, 서툴고 어설퍼도 생각을 키우는 건 중요해."

안나 선생님의 조언에도 은찬이는 결국 시를 고르지 못했다.

삼수 오빠가 그 많은 시 중 괴테의 「마왕」을 고른 후 우리는 한 소절씩 돌아가며 시를 낭독했다.

마왕

-괴테

    어둔 바람을 가르며 빨리 달려가는 한 사람, 그 사람은 아버지와 아들이었다네.

    그 사람은 바로 아이를 안고 말을 달렸다네.

    아이를 따뜻하게 안고 가는 아버지

    나의 아들아, 무엇이 무서워서 얼굴을 가리느냐.

    아버지, 아버지는 마왕이 보이지 않으세요?

    망토를 두르고 관을 쓴 마왕이요.

    아들아, 그건 그냥 안개일 뿐이란다.

    사랑스런 아가, 나랑 같이 가자. 나랑 함께 가서 재미있는 놀이를 하자꾸나.

    해변에 알록달록한 꽃을 볼 수 있단다.

    내 어머니는 너에게 줄 황금 옷들도 많이 있단다.

    아버지, 저 소리가 들리지 않으세요? 마왕이 내게 속삭이고 있어요.

    아들아, 진정하거라. 걱정하지 말거라. 그저 마른 잎에 바람이 흔들리는 소리란다.

    사랑스런 아가, 나와 같이 가자꾸나.

내 딸들이 너를 기다리고 있단다. 내 딸들이 밤마다 축제를 열고 있을 거야.

널 위해 잠들 때까지 노래 부르고 춤출 거야.

아버지, 보이지 않으세요? 저 어두운 곳에 있는 마왕의 딸들이요.

아들아, 아무것도 아니란다.

그저 잿빛에 바랜 늙은 버드나무일 뿐이란다.

아가야, 너의 사랑스러움에 눈을 뗄 수 없구나. 내 말을 듣지 않으면 억지로라도 끌고 가겠다.

아버지, 마왕이 저를 끌고 가려고 해요. 마왕이 저를 다치게 했어요.

아버지는 말을 더 빨리 달렸다.

공포에 떨면서 신음하는 아이를 안고서 겨우 집에 도착했을 때에는

불쌍한 아이는 이미 그의 품속에서 죽어 있었다.

"이번에는 시에 대해서 느낀 걸 자유롭게 말해볼까?"

"왜 아버지는 아들이 하는 말을 믿지 않을까요?"

시윤이가 먼저 질문을 했다.

"아버진 아주 이성적이었던 사람 같아. 그래서 아들이 하는

말은 듣지 않은 거지. 헛소리라고 생각했던 것 같아. 아들은 고열에 시달려 너무 괴로웠을 것 같아. 아버지에게는 무섭지 않은 것들이 아들은 어려서 무서울 수 있잖아."

삼수 오빠가 자신이 생각한 아버지에 대해 의견을 냈다.

"아버지가 아들에게 약한 모습 보이기 싫어서 허세 부린 것 같아요."

은찬이의 허세라는 의견에 모두 큰 소리로 웃고 말았다.

"은찬아, 네 말도 일리가 있는 해석이야. 부모들은 대부분 약한 모습을 보이기 싫어해. 아버진 아들의 공포를 이해하지 못할 수 있어. 그러나 아들에겐 때론 익숙한 것들이 폭력이 되기도 하거든. 그럼 효주는 어떻게 생각하니?"

"음…… 전 아버지가 굉장히 가부장적인 사람 같아요. 자기의 말이면 다 받아들여야 한다고 생각하는 사람요. 아들이 하는 말을 아버지가 무시하지 않고 잠시 말을 세웠다면 아들이 죽지 않았을 것 같아요. 아들의 고통을 외면한 탓에 결국 아들은 죽은 거잖아요."

"모두 각자 다양한 생각들을 했네. 괴테는 이 시를 쓰면서 아마 어른과 아이의 차이를 생각하지 않았을까? 그럼 이번에는 음악과 함께 시를 영상으로 볼까? 〈마왕〉은 슈베르트가 시를 읽고 열여덟 살에 만든 곡이야. 슈베르트는 이 시에 감동을 많이 받았대."

동영상으로 본 〈마왕〉은 샌드아트 방식으로 만들어 등장인물이 살아 숨 쉬는 느낌이었다. 권위적인 아버지와 연약한 아들, 그리고 갈등을 일으키는 생각은 마왕의 유혹처럼 표현되었다. 더구나 음악은 아주 웅장했다. 시에 등장한 인물들의 마음을 음악으로도 표현할 수 있다는 건 또 다른 새로움이었다. 안나 선생님의 수업은 상당히 감성을 자극하고 입체적이었다. 이론으로만 끝내는 수업이 아니라서 지루하지 않았다. 이런 수업을 학교에서 할 수 있다면 졸고 있는 아이들도 눈을 뜰 것 같았다.

24

밤에 잠이 안 와 거실로 내려갔다. 마침 시윤이도 내려와 있었다.

"너도 잠이 안 오니?"

"잠이 안 올 때는 가벼운 산책이 좋대. 우리 밖에 나가서 한 바퀴 돌까?"

"좋아."

산책이란 말에 내심 반가웠다.

우린 기숙사를 나와 천천히 학교 주변을 걸었다. 걷다 보니 의식의 전망대로 올라가고 있었다. 언덕을 오르는 동안 기분 좋은 바람이 볼을 스쳤다. 언덕으로 가는 길 사이에 하얀 꽃이 피어 밤이 어둡지 않았다. 남자애와 단둘이 밤길을 걷는 건 처음이다. 설레는 기분이 나쁘지 않았다. 현실 세계에서 느끼지 못한 감정이다. 내 안에 이런 감정들이 숨어 있다는 사실에 놀랐다.

"남들이 우리 보면 데이트하는 줄 알겠다."

내가 먼저 시윤이에게 말을 걸었다.

"왜? 나랑 다니는 게 불편해?"

"그런 건 아니고……. 너 혹시 여자 친구 있니?"

"여자 친구? 없어."

시윤인 망설임도 없이 바로 답했다.

"……아, 그래."

뜬금없이 여자 친구라니, 진짜 내가 생각해도 어이없는 질문이었다. 여자 친구가 있든 없든 무슨 상관이라고.

"그럼 넌?"

"나…… 나도 없지. 그럴 시간도 없고 딱히 사귈 마음도 없었어."

"하긴 나도 그래. 학교랑 학원 다니느라 정신없잖아."

우린 굳이 하지 않아도 될 말들을 나눴다. 어색함을 없애기 위해 가끔 서로의 얼굴을 힐끗 보며 눈치를 살폈다. 시윤이가 어떤 이야기에 관심을 가질지 곰곰이 생각했지만 딱히 떠오르지 않았다.

"효주야! 네 머리에 벌레가…….."

"까아아악!"

갑자기 내 머리에 벌레가 있다는 말에 기겁을 하며 그 자리에서 폴짝폴짝 뛰었다.

"야! 너무 놀라지 마. 그냥 한번 해본 소리야. 벌레가 그렇게 무섭니?"

"무서워서 그런 게 아니라……. 너 왜 장난하냐."

"할 말이 없어서……. 놀랐니?"

"나 벌레 아주 싫어해."

"놀랐다면 미안해."

나는 잠시 토라진 표정을 지었다.

"네 덕에 정신이 번쩍 들어 잠이 더 안 올 것 같아."

"내가 좀 못됐지. 이래서 여친이 없나 봐."

나는 고개를 절레절레 흔들었다.

"넌 못된 게 아니라 눈치가 없어."

시윤이는 내 말에 별다른 말도 없이 고개만 위아래로 끄덕였다.

그러는 사이 의식의 전망대가 가까이 보였다.

"우리 전망대 올라가 볼까?"

"좋아."

전망대 위로 올라가자 어둡지만 피움학교 너머의 숲까지 볼 수 있었다.

"난 이상하게 여기 올라오면 기분이 꿀꿀해."

"이 망원경 때문에 그런 거지."

"망원경을 보면 뭐든 내 생각을 거울처럼 볼 수 있잖아. 특히 과거를 보면 후회하는 게 많아."

"근데 예전부터 물어보고 싶었는데 네 손목에 있는 상처는 뭐야?"

"아, 이거."

시윤이의 표정이 갑자기 어두워졌다.

"말하기 싫으면 안 해도 돼."

"내가 너한테 보여줄 게 있어. 내 의식을 잠깐 봐도 돼."

시윤이는 망원경에 눈을 대고 자신의 의식에 집중했다. 우리는 나란히 두 대의 망원경에 눈을 대었다. 잠시 후 망원경으로 시윤이의 의식을 볼 수 있었다.

시윤이의 방이 보였다.

"문 좀 닫아주세요. 저도 사생활이 있어요."

"어린놈이 무슨 사생활?"

시윤이가 나가라고 아빠를 향해 손을 휘저었다. 그리고 얼른 방문 쪽으로 다가가 방문을 닫고 손잡이 잠금장치를 눌렀다.

잠시 후 아빠는 열쇠로 문을 따고 들어와 "문 잠그지 말라고!" 하며 언성을 높였다.

"노크 좀 하면 안 돼요?"

"어린 게 무슨 노크를 하라 마라야!"

"저 이제 어리지 않아요. 저한테 신경 좀 꺼달라고요!"

아빠가 나가자 다시 문을 잠그는 시윤이의 모습이 보였다. 이번에는 아빠가 시윤이의 방 베란다를 통해 다시 방으로 들어와 잠근 문을 다시 열고 나가는 모습이 보였다. 시윤이의 사생활은 보호받지 못했다.

시윤이는 또 다른 날의 풍경을 보여줬다.

시윤이가 학교에서 돌아와 보니 방문이 뜯겨 나가 문이 없었고 엄마와 아빠는 거실 소파에서 시윤이를 감시하고 있었다.

망원경에서 눈을 뗀 후 시윤이의 얼굴을 보았다. 시윤이는 다소 지친 듯 보였다.

"우리 부모님, 굉장히 권위적이야. 어릴 때부터 내가 공부할 때 문 닫는 걸 아주 싫어했어. 거실에서 날 감시하는 느낌이 들 때는 너무 짜증 나. 결국 드라이버로 문을 떼어내고 말았지만."

상상할 수 없는 일이다.

"그래도 손목에 상처 내는 건 좋은 게 아니야."

"나도 알아. 가끔 어른들은 선한 말만 하는 악마같이 느껴질 때가 있어."

시윤이는 그늘이 진 슬픈 눈을 하며 말했다.

"시윤아, 우리 학교 애들은 이 밤에 뭘 하나 볼까?"

나는 시윤이의 무거운 기분을 조금이라도 덜어볼까 해서 대화를 다른 쪽으로 돌렸다.

"그럴까."

우리는 각자 망원경을 통해 의식을 하나로 모았다. 잠시 후 현실 세계에 있는 아이들이 보였다.

늦은 밤 시험 때문에 잠을 못 이루는 아이도 보였고, 부모님 몰래 게임하는 아이들도 있었다. 학원에서 늦은 밤까지 집으로 돌아가지 못하고 문제집과 씨름하는 아이들도 눈에 들어왔다. 또 다른 한 무리의 아이들은 어깻죽지가 축 늘어져 무거운 배낭을 메고 걷고 있었다. 모두 허방을 딛는 것처럼 무게가 실리지 않은 걸음이었다.

쿵, 쿵, 쿵, 쿵.

그들 중 누군가의 심장 소리가 귀에 들렸다. 심장 소리가 점점 천둥소리처럼 들렸다. 위태로운 신호였다.

"쟤네들도 곧 벽으로 넘어오겠네."

"야, 너희 야심한 밤에 어딜 다녀오냐. 혹시 데이트?"

기숙사 현관 앞에서 삼수 오빠와 마주쳤다.

"형, 난 뭐 데이트하면 안 돼요?"

"진짜냐? 데이트."

삼수 오빠가 놀리는 말에 내 얼굴이 붉어졌다.

"무슨 데이트요? 잠이 안 와 그냥 한 바퀴 돌았어요."

"야! 괜찮아. 데이트 좀 하면 어떠냐. 학교 다닐 때 그런 추억 하난 있어야지. 나는 여자 보기를 돌 보듯 했어. 지금 생각하니까 추억이라곤 한 조각도 없어 좀 슬프다. 너희라도 여기서 친하게 지내라. 입시에 찌든 탓에 이 형은 연애 감정이 말라 죽었어. 이제 죽은 나무가 돼서 살리기도 어려운 것 같아."

삼수 오빠는 웃으며 너스레를 떨었다.

25

조원들은 아침부터 자신의 모래시계를 서로 보여주느라 정신이 없었다. 삼수 오빠의 모래시계는 벌써 반 이상이 아래로 흘러내려 모래 산이 낮아졌다. 벽을 넘어갈 시간이 얼마 남지 않았다는 걸 알 수 있다.

"삼수 형, 부러워요. 제일 먼저 여길 떠나겠네요."

"너무 부러워하지 마. 여기보다 좋은 곳이 어디 있니? 저 벽을 넘어가면 다시 끔찍한 현실이 기다리고 있는 거 너희도 알잖아. 이제 아버지가 명문대 타령하는 거 질렸어. 그동안 아빠가 무서워 묵묵히 하라는 대로 했지만 생각해 보니까 난 성인이야. 내 판단과 결정이 중요하잖아. 내겐 이번이 마지막 수능이야. 이번엔 결판을 봐야겠지."

"형, 사람들은 성적이 나쁘면 쓸모없는 사람으로 보는데 그게 화나요. 내 유전자에는 공부 머리가 없는데 어쩌라는 건지 모르겠어요."

"야! 세상에 쓸모없는 사람은 없어. 너 여기서 애들 도와주는 거 잘하잖아. 요즘 애들 다 이기적인데 너 같은 애도 있어야 세상이 돌아가."

"삼수 말이 맞아. 그건 너만이 갖는 특별함이야. 우리 사이에서 꼭 필요한 사람이지. 단지 성적이 떨어진다고 내가 필요 없는 사람이라는 생각은 버려."

은찬이가 안나 선생님에게 칭찬받았다. 은찬이는 칭찬이 어색한지 얼굴을 붉혔다.

"그래, 은찬아. 너 장사 하나는 잘할 자신 있다고 큰소리쳤 잖아. 그 패기 어디 갔니?"

시윤이도 은찬이의 기를 세워주었다.

오후에 나무 둥지 쪽에서 안나 선생님이 내 이름을 불렀다.

"효주야, 저 새를 좀 보렴."

낮은 나무 둥지의 알에서 새끼 새가 세상을 나오려고 날갯 짓을 요란하게 하고 있다. 맞은편의 어미 새는 새끼 새를 바라 보며 움직임이 없다.

"저 새 이름이 뭐예요?"

"유리딱새라는 새야."

"새가 알을 깨고 나오는 건 처음 봐요."

새끼 새는 알을 깨고 나오려고 안간힘을 쓰고 있다. 맞은편 어미 새가 알을 깨고 나오는 새끼 새를 도와주지 않았다. 나라 도 도와야 할 것 같아 손을 내밀었다.

"손대지 마!"

안나 선생님이 다급하게 소리쳤다.

"왜요? 새끼 새가 죽을힘을 다하는데 너무 안됐잖아요. 조금만 도와주면 알을 깨고 나올 수 있어요."

"새끼 새가 날갯짓을 많이 하는 데는 이유가 있어. 새끼의 날갯짓은 평생의 근육을 만들어 하늘을 날 수 있게 하거든. 만약 누군가 대신 알 깨기를 도와준다면 새끼 새는 영원히 하늘을 날 수 없어. 그래서 어미새가 놔두는 거야. 하늘을 나는 건 새끼 새의 몫이거든. 그걸 어미 새는 알아."

새끼 새의 날갯짓이 평생의 근육을 만들어 준다는 사실에 놀랐다. 내가 알지 못하는 생태계의 법칙은 오묘한 원리가 작동하고 있었다.

이곳에서 뭔가 새롭게 깨달아 갈수록 모래시계가 조금씩 움직인다는 사실을 알았다. 그러자 마음이 더 조급했다. 진짜 내 마음을 더 확인해야 했다.

26

저녁을 먹고 의식의 전망대로 올라왔다. 나에 대해 알고 싶었다. 망원경에 눈을 대고 우리 구에서 가장 큰 대학병원 응급실을 떠올렸다. 병원 응급실에 서 있는 내 모습도 함께 생각해 보았다.

잠시 후 나는 응급실 앞을 서성거리고 있었다. 응급실 안에서 환자들의 비명이 들리고 간호사들이 분주히 움직이는 모습이 보였다. 의사들은 밀려 들어오는 환자를 돌보느라 분주하다. 응급실 안으로 머리에 피가 흥건한 젊은 남자가 산소 호흡기를 단 채 실려 왔다. 의사들이 구급대원에 의해 실려 온 남자 환자에게 몰려들었다. 의사들이 머리가 깨진 남자를 수술방으로 데려갔다.

전문적인 응급 처치를 받기 위해 환자들과 의료진이 모두 바삐 움직였다. 응급실의 긴장감이 전해졌다. 그때 병원 직원으로 보이는 사람이 내게 다가왔다.

"무슨 일이니? 도와줄까?"

"아…… 아뇨, 응급실이 어떤 곳인지 알고 싶어서 와봤어요."

"너 의사 되고 싶구나."

"관심이 좀 있어요."

"눈으로 보니까 어떠니?"

"의사들이 생각보다 바쁘고 힘들어 보여요."

"맞아. 말이 의사 의사 하지, 여기서 의사들을 지켜보면 스트레스도 많고 힘든 직업이야. 환자들의 피고름, 대소변 속에서 뒹굴어야 하고 종종 허벅지를 꼬집으며 졸음을 참아야 할 때도 많지. 밥을 먹다가도 환자가 오면 뛰쳐나가야 하며, 모처럼 떠난 휴가길에서도 입원 환자의 혈압을 틈틈이 확인해야 돼. 맘 놓고 휴가도 못 즐겨. 그뿐 아니라 여덟 시간 넘는 대수술을 마치고 나면 탈진해 수술실 바닥에 벌렁 눕는 의사들도 봤어. 죽을 듯 밀려오는 피곤을 반복적으로 즐겨야 하는 고된 직업이기도 해. 다들 의사가 좋아 보인다고 하지만 가까이서 보면 참 힘든 직업이야. 정말 소명 의식이 있어야 버틸 수 있어."

병원을 안내하시는 아저씨는 친절하게 의사들의 속사정을 알려주었다. 소명 의식이란 걸 생각해 본 적이 없는 나였다. 돌이켜 보면 나는 팔에 주사를 맞을 때도 바늘조차 보지 못하는 겁쟁이다. 피 한 방울도 못 보는 내가 누군가를 살릴 수 있을까. 만약 성적이 나온다고 해도 소명 의식이 없는 난 좋은 의사가 될 수 없을 것 같다.

다시 망원경에서 눈을 떼고 의식의 전망대로 돌아왔다. 시간이 지날수록 내가 몰랐던 나를 알아가고 있는 것 같다.

이곳에서 가장 어두운 곳을 알았다. 수영장 물 밑이었다. 수영복으로 갈아입고 물속에서 자유롭게 수영을 할 수 있는 시간이 좋았다. 수영장 바닥까지 내려가 숨을 참고 얼마나 버틸 수 있는지 시험해 보았다. 그 짧은 시간 동안 아빠와의 대화를 상상했다.

"우리 딸, 아빠가 얼마나 널 사랑하는지 알고 있지?"

"알아요, 아빠."

"그러니까 아빠를 실망시키지 마."

"그래도 의대는 가기 어려워요."

"너 의사가 갖는 권위를 아직 모르지?"

"그걸 꼭 알아야 해요?"

"그건 평생 너의 삶을 좌우하기 때문에 알아야 해."

"하루 종일 병원에 갇혀 있기 싫어요. 전 세상에 대한 호기심이 누구보다 많아요. 아빠는 제게 맞지 않는 옷을 입히려 했어요. 이제 그 옷을 벗고 싶어요. 그 옷은 너무 무겁고 온몸을 쪼여 들어요."

"옷은 언제든 새롭게 맞출 수 있어. 넌 아주 착한 딸이야. 아빠의 말을 믿으렴."

아빠가 이런 말들을 내게 할 것만 같았다. 그 순간 숨이 턱 밑까지 차올라 참을 수 없었다. 캄캄한 물 밑을 튕기듯이 차고

물 위로 떠올랐다.

"흐흡, 하아."

숨을 크게 들이쉬고 내뱉었다. 나는 깊은숨을 쉬고 싶었다.
여전히 물이 출렁거리듯이 마음이 흔들렸다.

27

"너희 부모님에게 하고 싶은 말을 편지로 대신 써봐."

"에이, 뭐예요. 낯간지럽게 편지요? 저 편지 못 써요."

은찬이가 손사래를 치며 말했다.

"글을 잘 쓰라는 말이 아냐. 그냥 마음속에 꺼내지 못한 말
들이 있잖아."

"내가 제일 싫어하는 건데 이걸 꼭 해야 돼요?"

다시 은찬이가 불만을 터뜨렸다.

"짜샤, 선생님이 하라면 해. 그래야 네가 하고 싶은 장사도
사업도 할 수 있는 거야."

선생님이 우리에게 종이를 한 장 나눠 주었다.

"이 종이 위에 부모님께 그동안 말하지 못했던 마음을 적어
봐. 글을 쓰면서 자신의 마음을 볼 수 있고 다짐도 되잖아. 글

을 쓰다 보면 마음도 차분해지고 에너지도 채워질 수 있어."

막상 종이 위에 편지를 쓰려니까 쉽게 펜을 들 수 없었다. 내가 아빠에게 편지를 쓰는 날은 아빠의 생일과 어버이날이 다였다. 그것도 아주 형식적인 말뿐이었다. 그런데 지금 내 고민을 적어보라고 하니 쉽지 않았다.

잠시 후 은찬이가 가장 먼저 편지를 선생님에게 내밀었다. 그리고 뒤이어 삼수 오빠가 편지를 냈다. 그러나 나와 시윤이는 글을 쓰지 못했다. 숨기기만 했던 마음을 쉽게 내놓기가 어려웠다. 오래 숨겨온 탓인지 시간이 필요했다.

"전 나중에 낼게요."

내가 먼저 그렇게 말하자 시윤이가 따라서 자신도 나중에 내겠다고 했다.

"아직 시간이 있으니 천천히 내도록 해. 이제 여러분이 직접 쓴 글을 나와서 읽어볼까."

"와! 이걸 여기서 발표한다고요?"

삼수 오빠가 발표라는 말에 반발했다.

"이건 마음의 소리를 듣는 과정이야. 누군가에게 내 고민을 털어놓으면 심리적 안정을 가질 수 있어 두려움도 줄어들지. 특히 나만 이런 문제로 고민하는 게 아니라는 걸 알게 돼 공감이 가지."

은찬이가 무슨 생각에서인지 선생님의 말이 끝나자 손을 번쩍 들었다.

"제가 먼저 발표할게요. 매도 먼저 맞는 게 낫다고 하잖아요."

은찬이는 의자에서 일어나 천천히 글을 읽었다.

"엄마, 저 엄마의 괴물 은찬이에요. 엄마는 날 매일 괴물이라고 부르지만 난 이제 그 소리가 익숙해 싫지도 않아요. 엄마는 공부 못하는 제가 괴물처럼 보이겠죠. 제가 성적표 조작한 것 때문에 더 실망하셨죠? 나쁜 행동한 거 알아요. 지금 저는 많이 후회하고 있어요. 매번 성적 때문에 화내고 짜증 내는 모습 보면서 단 한 번만이라도 좋은 성적표를 드리고 싶었어요. 엄마의 웃는 모습이 보고 싶었어요. 엄마, 저도 알고 보면 잘하는 거 많아요. 누구보다 엄마를 가장 많이 사랑하고 누군가의 말에 공감도 잘해요. 그리고 제가 손재주 좋은 거 아시죠. 지난번에 엄마 손가방도 만들어 줬잖아요. 엄마는 단 한번도 이런 저에 대해 칭찬해 준 적이 없어요. 저도 누구보다 좋은 성적 내고 싶지만…… 그게 마음처럼 잘 안 돼요. 엄마가 원하는 성적표를 주지 못해 속상해요. 저란 놈은 원래 공부에 큰 흥미가 없잖아요. 돈을 벌 수 있는 방법은 아주 많다고 생각해요. 결국 먹고살기 위해 공부하는 거잖아요. 제 꿈을 엄마도 아시잖아요. 성적 때문에 엄마가 옥박지를 때마다 내가 너무 못난 놈 같아 슬퍼요……. 나도 잘할 수 있는 게…… 있는데…….”

은찬이가 편지를 읽다가 결국 목이 메어 눈물을 흘리고 말았다.

안나 선생님은 은찬이에게 다가가 어깨를 살포시 안아주었다.

“은찬아, 왜 울어. 네가 잘하는 거 하면 되지.”

“저…… 사실 잘하는 게 없어요. 내가 너무 형편없는…… 아이 같아 속상해요. 엄마는 늘 다른 애들하고 절 비교해요. 전 우리 엄마를 다른 엄마랑 비교한 적 없어요. 엄마가 맛없는 요리를 해도 반찬 투정한 적도 없고…….”

은찬이는 더 이상 말을 잇지 못하고 흐느꼈다.

은찬이의 눈물 때문에 우리는 숙연해졌다. 은찬이는 겉으로 보기에는 깡이 센 아이처럼 보였지만 사실은 마음이 여린 구석이 있었다.

“만약 모든 사람이 대학을 목표로만 공부한다면 누가 빵을 만들고 집을 짓고 도로 공사를 할 수 있을까? 누군가는 농사를 지어야 우리가 먹을 수 있어. 그러니까 각자가 하는 일들은 다

소중한 가치가 있는 거야. 다른 사람과 비교하는 것 자체가 의미가 없단다."

안나 선생님이 은찬이를 바라보며 답을 했다. 그동안 했던 내 생각들이 좀 부끄러웠다. 친구들을 볼 때 성적으로만 기준을 매겼다. 한 번도 사람의 마음을 들여다보며 느끼려 하지 않았다. 어쩌면 나 같은 아이 때문에 은찬이 같은 아이가 상처받은 것 같아 미안했다.

다음은 삼수 오빠 차례였다. 오빠는 멋쩍은 듯 종이를 들고 목을 가다듬었다.

"처음으로 부모님께 편지라는 걸 써보네요. 그래도 제 마음을 털어놓아야 할 것 같아 용기를 내봅니다. 엄마, 아빠, 형까지 모두 명문대를 나와 주변 사람들에게서 부러움을 사는데 저만 삼수를 하고 있어 죄송한 마음뿐입니다. 아빠는 늘 식탁 앞에서 '너만 명문대에 들어가면 우린 완벽한 가족이 될텐데'라며 아쉬워하셨죠. 공부에 대한 욕심이 나고 더 잘하고 싶은 마음이 없는 건 아니에요. 저도 형처럼 인정받고 싶은 때가 많아요. 그런데 그런 마음이 클수록 공부가 잘 안 돼요. 시험을 볼 때 긴장한 탓인지 손바닥에 땀이 나고 초조하기만 해요. 어느 땐 손에 땀이 흥건해 펜을 쥘 수조차 없을 때가 있어요. 그러다 보니 집중력마저 흐려져 마음이 초조하고 불안하기만 합니다. 단 한 번이라도…… 명문대 가지 않아도 괜찮다는 말을 들어보고 싶어요. 명문대 가지 않아도…… 아들로서 인정받고 싶어요."

삼수 오빠는 편지를 읽으며 중간중간 목소리를 떨기도 하고 숨을 고르기도 했다. 삼수 오빠는 편지를 다 읽은 후 뭔가 후련하다는 얼굴이었다.

편지를 쓰는 게 말하는 것보다 쉬운 줄 알았는데 생각이 많은 탓인지 그것도 어려웠다. 나와 시윤이는 편지를 끝내 쓰지 못해 다음 시간까지 써서 발표하기로 했다.

28

다음 날 한 아이가 벽 안에서 빠져나왔다. 내 나이 정도 되어 보였다. 그 애는 의식이 돌아오는 데 한동안 시간이 걸렸다. 안나 선생님은 그 애의 의식이 돌아오기를 기다렸다.

잠시 후 그 애가 눈을 뜨자 안나 선생님과 아이는 서로를 한동안 바라보며 말을 하지 못했다.

"네가 왜 여기를……."

"선생님이 왜 여기에 계세요?"

안나 선생님과 그 애는 서로 의외라는 듯이 바라보았다.

선생님은 그 애를 보자 당황한 듯 서둘러 자리를 피했다.

"너 혹시 저 선생님 알아?"

"저분, 우리 학교 최안나 국어쌤이야. 작년에 휴직계 내셨어. 근데 여긴 어디니?"

그 애는 이 상황이 뭔지 어리둥절했다.

"그건 나중에 설명할게."

"야! 사람이 지금 이상한 데 와 있는데 나중이 말이 돼? 한 가지만 묻자. 나 죽은 거 아니지? 너희가 아무리 급해도 그건 말해줘."

"죽은 거 아냐."

"그럼 다행이구."

"근데 선생님이 무슨 일로 휴직계를 냈어?"

삼수 오빠가 독촉하듯 채근했다.

"그게…… 선생님 반에 있던 애가 자살했거든."

"진짜? 근데 그게 선생님하고 무슨 관계가 있어?"

"죽은 애는 공부를 상당히 잘하는 아이였어. 아마 학기말 고사에서 성적이 떨어졌을 거야. 소문에는 그 애가 죽기 전날 선생님이 그 애한테 성적이 떨어진 이유를 추궁했다고 해. 근데 선생님이 휴직하고 난 뒤 그 애 친구가 가지고 있던 유서가 학교에 돌았어. 사실 선생님 때문은 아니었어. 얼마 뒤 그 애 부모님이 자신들 탓이라고 성당에 나가 교인들 앞에서 고백했다고 하더라."

"와! 그런 일이 있었어?"

그 자리에 있는 모두가 술렁이며 안나 선생님에 대한 호기심을 보였다.

"그럼 안나 선생님도 우리 같은 증상이 있어 여기 온 건가?"

시윤이가 무슨 형사나 되는 듯 앞뒤 상황을 짜맞춰 보았다.

"그런 건 너희끼리 나중에 맞춰보고 여기 어디냐고! 엄마랑 성적 때문에 한판 붙고 있었는데 갑자기 머리가 깨질 것 같더니 내 방 벽으로 빨려들어 온 기억밖에 없어. 아직도 믿어지지 않네.

"맞아. 우리 모두 그런 공통점을 가지고 저 벽으로 넘어온 거야."

"그럼 내가 죽었단 소리야?"

"그건 아니고. 우리같이 몸에 증상이 나타나는 사람들 눈에만 보이는 세계. 믿기지 않겠지만 사실이야."

"그럼 우리 엄마 안 봐도 되는 거야? 와씨! 기분 존나 좋아.

잠시라도 그놈의 잔소리 안 들어 살 것 같다. 난 집만 아니면 어디든 좋아."

"여기서 지내는 게 영원한 건 아냐."

그 말을 듣자 그 애의 얼굴이 이내 어두워졌다.

"근데 안나 선생님 말이야, 우리 같은 증상이 있는데 여기서 가이드 일을 한다는 게 이상하지 않아?"

은찬이가 아무래도 이해가 안 간다는 표정을 지었다.

"분명 뭔가 수상한 점이 있어."

삼수 오빠가 안나 선생님이 빠져나간 쪽을 보며 고개를 끄덕였다.

"나도 대충 느낌이 그래."

"아씨, 이건 또 무슨 그림이냐. 여기 온 사람들이 모두 환자잖아."

"안나 선생님은 지금까지 아무런 문제가 없는 것처럼 행동했잖아."

"벌써 일주일 정도 지난 것 같은데 문제 해결은 커녕 더 수렁에 빠진 기분이야. 더구나 이 모래시계는 요즘 전혀 안 움직여."

삼수 오빠는 점점 이해가 안 된다는 표정이었다.

"저 모래시계는 또 뭐야?"

그 애는 우리가 들고 있는 모래시계를 보며 의아하다는 표정을 지었다.

"이건 마음의 시계야. 나중에 안나 선생님이 말해줄 거야."

그 애의 궁금증에 대충 상황을 이야기해 주고 우리는 자리를 벗어났다.

29

학교 안 작은 숲을 거닐고 있는 안나 선생님을 발견했다. 안나 선생님에게 다가가 궁금했던 걸 물었다.

"선생님, 혹시 조금 전 여기 온 아이 아세요?"

"글쎄……. 기억 안 나는데."

"그 애가 안나 선생님이 자기 학교 국어 선생님이라고 했어요."

"노효주, 넌 뭐가 그렇게 궁금해? 난 솔직히 이래서 너희가 싫어. 나이도 어린 주제에 아는 척하고 쉴 새 없이 떠들고 아주 제멋대로야. 그 입은 더 끔찍해! 지금도 사람을 얼마나 귀찮게 하는지 몰라."

안나 선생님은 느닷없이 화를 냈다. 이렇게 화를 내는 모습은 처음이다.

"전 그냥 그 애 말이 사실인지 궁금해서 물어본 것뿐이에요."

선생님이 화를 내는 모습에 좀 당황스러웠다.

"넌 내 말을 믿지 않잖아. 난 아무 기억이 안 나, 아니 기억하고 싶지 않아!"

안나 선생님은 차분한 모습과는 달리 흥분해 있었다.

"화내서 미안한데 지금은 혼자 있고 싶으니 자리 좀 피해줄래?"

내가 선생님의 아픈 기억을 들춰낸 것 같아 당황스러웠다.

나는 선생님 뜻대로 그 자리를 벗어났다. 불과 얼마 안 되는 시간에도 사람의 감정은 흔들리고 깨지기도 한다는 걸 깨달았다. 어른이 되면 고민의 크기가 작아지는 줄 알았는데 내 생각이 틀렸다. 어쩌면 고민의 크기도 나이만큼 커질 수 있는 건지 모른다.

"효주야! 안나 선생님이 지금 의식의 전망대로 오래."

시윤이가 안나 선생님의 호출을 알렸다. 숲에서의 일 때문인 것 같았다.

의식의 전망대에 도착하자 안나 선생님이 미리 와 있었다.

"효주야. 아까 좀 놀랐지. 갑자기 화내서 미안해."

안나 선생님은 낮은 목소리로 조용히 말했다.

"난 원래 M고등학교 국어 교사였어. 아까 그 애가 나에 대해 벌써 다 얘기했을 거야. 사실 내가 맡고 있는 학생이 성적표 받은 다음 날 자살했어. 그 일로 난 학교를 휴직하게 됐어. 널 이곳으로 부른 건 아까 화냈던 게 미안해서야. 내 기억을 효주에게 보여주려고 해."

잠시 후 안나 선생님은 망원경에 눈을 댄 후 자신의 기억을 떠올렸다.

그날 안나 선생님은 어김없이 성적표를 나눠주고 교실을 나왔다.

그때 진이 따라 나왔다.

"선생님, 잠깐 시간 되세요?"

"뭐 할 말이 있구나. 어떡하지……. 지금 시간이 많지 않은데. 잠깐 상담실로 가자."

진은 안나 선생님을 따라 상담실로 갔다.

"그래, 이제 하고 싶은 말을 해볼까. 무슨 고민이라도 있니?"

"이번 시험 성적이 좋지 않아요."

"그래, 성적이 좀 떨어졌지. 요즘 공부가 잘 안 되니?"

"……그런 것 같아요."

진은 단조로운 목소리로 기운 없이 말했다.

"누구나 성적이 안 나올 때도 있어. 그럴 때 네 기분을 잘 맞춰주면서 공부하다 보면 다시 회복하게 돼. 그리고 다음 시험에 다시 올리면 되지. 안 그래?"

"선생님……. 성적이 나오지 않으면 불안해서 잠이 잘 안 와요."

"잠이 안 올 정도로 걱정이면 그 시간에 일어나 공부하면 되지. 불안은 두려워서 생기는 거거든. 너무 걱정 말고 넌 머리도 좋은 애니까 다음번에 좋은 성적 낼 거야. 나도 너에 대한 기대가 아주 커. 넌 우리 반 에이스잖니."

"선생님……. 저……."

"무슨 더 할 말 있어?"

"아, 아니에요."

"선생님이 지금 좀 바빠. 교무 회의가 있어서 가봐야 되거든. 다른 건 없지? 오늘 성적표 받는 날이라 좀 예민해서 그래. 너무 걱정 말고 가자."

진은 뭔가 더 말하고 싶어 보였으나 안나 선생님이 자리를 일어서는 바람에 함께 일어서는 듯했다.

다음 날 출근하던 안나 선생님은 학교에 도착할 즈음 119 구급대가 학교 정문으로 들어가는 걸 보았다. 서둘러 교문으로 들어서자 화단 쪽에 119 구급차가 서 있었다. 몇몇 선생님들이 차단막처럼 학생들이 다가오지 못하도록 주변을 둘러섰다.

나쁜 예감이었다. 119 구급대가 있는 쪽으로 걸음을 옮기는 동안 진의 그늘진 얼굴이 떠올랐다. 그래도 그건 아닐 거라고 고개를 저었다. 구급대가 있는 쪽으로 가기 전에 휴대폰에 진동이 울렸다. 학교 교무실 전화번호였다. 예감은 어김없이 틀리지 않았다. 한여름인데 겨울 한파 같은 서늘한 기운이 몸을 감쌌다.

"안 돼……. 안 되는데……."

안나 선생님은 부르르 떨리는 손으로 휴대폰 통화 버튼을 눌렀다. 상대방은 교무부장이었다. 안나 선생님이 전화를 받는 동안 얼굴빛이 굳어졌다.

"그러니까…… 분명히 그 애가……."

안나 선생님은 전화를 받으며 119 구급차를 망연자실 바라보았다.

안나 선생님은 망원경에서 눈을 떼었다.

"내가 그 애를 옥상 위 난간에 올려놓은 것 같았어. 난 지금도 그 애가 자살했다는 게 믿기지 않아. 진은 평소에도 힘든 내색을 하지 않았고 공부도 열심히 해 상위권이었어. 품행 좋은 모범생이었지."

"선생님, 아까 그 애가 진은 선생님 때문에 죽은 게 아니라고 했어요."

"내가 진의 마음을 좀 더 세심히 살폈다면 그 애는 죽지 않았을 거야. 그 애가 날 찾아왔을 때 이미 위태로운 마음이었다는 걸 몰랐어. 담임으로서 그 애가 느끼는 부담감과 압박감은 보지 못한 거지. 단지 성적이라는 숫자에만 집착해서 그냥 형식적인 말만 했어. 그 애가 죽은 뒤에야 나는 그 사실을 깨달았어. 내 책임으로 몰아가는 상황도 죽을 만큼 힘들었어. 그래서 학교를 잠시 쉬기로 한 거지. 한동안 내가 뭘 잘못했나 많이 생각하게 됐어."

안나 선생님은 그해 일어난 일을 담담히 내게 이야기했다.

"선생님, 많이 힘드셨을 것 같아요. 사실 아이들이 선생님을 많이 궁금해하고 있어요. 오늘 저녁에 선생님이 우리 조원들에게 선생님의 마음을 전달해 주면 다들 이해할 거예요."

그날 저녁 우리 조원들이 거실에 모여 안나 선생님의 고백을 들었다.

"사람은 참 이상한 동물이야. 왜 이런 일이 내게 닥쳤을까. 원망의 대상을 찾다 보니 자연스럽게 부모님이 떠올랐어. 내가 교사가 된 건 순전히 부모님 뜻이었거든. 외동딸인 내게 부모님이 귀에 박히게 했던 말들이 있었어. '교사가 만년 밥통이다. 안정적인 직업이고 방학이 있는 직업은 세상에 없다.' 이런 말들을 주로 하셨거든. 아무 의심 없이 받아들였어. 행선지가 가장 뚜렷한 선택이었지만 아무 생각이 없이 교사가 됐던 거야. 내가 부모를 원망한 것도 잠시야. 결국 내 선택이고 별다른 선택지도 없었거든. 부모님을 원망했던 건 내 마음이 편하고 싶어서 핑계를 찾았던 거야. 모든 건 내 선택이었어."

안나 선생님은 마치 작정을 한 사람처럼 우리와 눈을 마주치며 말을 이어갔다.

"나는 다시 학교로 나가야겠다고 결심했어. 그래서 그 애가 마지막으로 서 있던 장소에 갔어. 학교 옥상 문 앞에 섰을 때 그 애가 어떤 마음으로 서 있었는지 느낄 수 있었어. 그 순간 내게도 너희와 같은 증상이 일어난 거야. 옥상 출입문 벽을 통해 여기로 왔어."

안나 선생님에 대한 우리의 예상이 맞았다. 우리는 선생님을 어떻게 위로해야 할지 몰랐다. 한 번도 어른을 위로해 본 경험이 없었다. 우린 한동안 아무말도 하지 않았다.

"선생님, 궁금한 게 있어요. 힘들었던 트라우마가 있는데 여기 와서까지 가이드 선생님을 하는 이유가 뭔지 알고 싶어요."

뜬금없이 삼수 오빠가 분위기를 깨고 질문을 했다.

"그건······ 나도 처음에 여기 왔을 때 많이 당황했어. 왜냐면 나 같은 어른보다 너희 같은 아이들이 많았거든. 어른이 되어 여기 있다는 게 부끄러웠어. 나는 이곳의 매뉴얼을 이미 알고 있지만 아이들은 처음에 오면 모두 혼란스러워 해. 그 모습을 보고 가만있을 수 없었어. 직업은 속일 수 없는 건가 봐. 너희를 돕다 보니 내 모래시계가 움직이는 거야. 모래시계에 마음의 에너지가 차오르는 걸 보고 스스로 임무를 정했어. 너희들을 건강하게 저 벽 너머로 돌아가게 하는 게 좋겠다고 생각했지. 내게도 그건 좋은 에너지였어. 나는 앞으로도 너희를 도울 거야. 그러니까 날 믿어줘."

안나 선생님은 시종일관 침착했다.

안나 선생님의 아픔을 어렴풋이 느낄 수 있었다. 한편으로 우리와 같은 처지라는 사실이 위안되면서도 맥이 풀렸다. 선생님도 우리와 다를 것 없는 환자였다. 모든 게 다시 원점으로 돌아간 상황이라 가슴이 답답했다.

30

"엄마……. 나 지금 많이 힘들어."

혼잣말이 저절로 나왔다. 이럴 때 엄마가 옆에 있으면 뭐라고 했을까. 엄마는 여전히 이성적이고 냉정하겠지.

"네 문제니까 네가 알아서 해야지. 넌 벌써 열일곱이야. 난 네 나이에 누군가에게 의존하지 않았어. 일하는 부모를 도와 주말에는 거의 식당에서 일했어. 그리고 집에 가서 저녁을 챙기고 집안일을 거들었어. 근데 넌 뭐야? 혼자 아니니? 누가 일을 시키기를 해, 돌볼 동생이 있기를 해. 근데 네 문제 하나도 해결 못 해?"

엄마가 내게 할 말들이 오롯이 떠올랐다.

엄마는 내가 더 좋은 환경에서 자라 부족함이 없다고 보는 것 같다. 세상에 혼자라는 느낌을 엄마는 알까? 북적대는 가족 틈에서 살던 엄마가 느끼지 못했던 감정, 거부할 자유가 없는 날 이해할 수 있을까. 초등학교부터 공부 지옥으로 내몰린 날 보며 엄마는 뭐라고 할까. 찌그러진 깡통 같은 마음을 숨기고 아빠의 마음까지 보살펴야 하는 날…….

엄마는 내게 때로는 원망이기도 하고 가끔은 그리움이기도 했다. 감정이란 수시로 변하는 날씨와 같아 종잡을 수 없다.

엄마는 내가 고민하는 문제에 아주 명쾌하게 답을 내릴 것 같다. 단지 그런 감정 때문만이 아니다.

답답한 마음 때문에 기숙사를 나와 의식의 전망대로 올라갔다. 이럴 때 엄마를 만나는 게 날 단단하게 만들 수도 있다. 파리에 있는 엄마를 떠올렸고 나의 모습도 함께 의식을 모아 떠올렸다.

어느새 나는 파리에 있는 엄마의 작업실 앞에 서 있다. 엄마의 작업실에는 다양한 크기의 캠퍼스와 화구통, 작업 중인 그림들이 늘어져 있었다. 엄마는 그림 작업을 하다가 잠시 휴식을 취하고 있는 듯 보였다.

"엄마, 나 효주야."

"네가 어쩐 일이니?"

엄마는 내 얼굴을 보자 소스라치게 놀라 자리에서 일어섰다. 엄마를 만나면 눈물이 날 것 같았는데 의외로 마음이 차분했다. 그리고 내가 하고 싶은 말을 담담히 꺼낼 수 있었다.

"엄마, 고민이 있어 오게 됐어. 답을 내리기 어려운 문제가 있거든. 엄마는 이럴 때 어떤 결정을 할지 알고 싶어."

"왜 아빠에게 고민을 털어놓지 못했니?"

"아빠한테 말하기가 어려워. 아빠는 내가 의대 가기를 원하지만 내가 진짜 의대를 원하는지 그것도 모르겠어."

엄마는 잠시 내 얼굴을 빤히 보았다.

"효주야, 널 보면 내가 얼마나 이기적인 사람인지 깨닫곤 해. 넌 내 딸이야. 날 미워해도 좋아. 그냥 너만을 생각하는 결정을 하면 좋겠어. 마음에서 의심이 들거든 그 마음을 따라가 봐. 솔직한 마음을 네가 외면하면 진짜 널 찾을 수 없어. 혼란스러운 지금의 그 감정을 따뜻하게 품어줘."

"정말 그럴까."

"물론이지. 누군가 눈에 좋아 보이는 직업도 네가 불행하면 다 소용없어. 세상에는 좋은 대학을 나오고도 불행하게 사는 사람들이 많아. 손톱에 흙 때를 묻히면서 농사를 지어도 행복한 사람이 있고, 위험을 무릅쓰고 불구덩이에 들어가 사람을 구하는 일에 보람을 느끼는 사람도 있어."

나는 엄마를 향해 다시 물어보았다.

"엄마는 지금 행복해?"

"최소한 내 선택에 후회는 없어. 만약 내가 후회한다면 그건 너한테 못 할 짓을 한 거야. 누구 때문에 못 한다는 말은 하지 마. 나 때문에 해야 한다고 생각해. 지금은 어떤 결정을 하는 게 고통스럽지. 하지만 시간이 지나면 진짜 너를 만나게 될 거야."

엄마는 확신 있는 미소를 잃지 않고 내게 말했다. 그리고 내게 다가와 등을 두드리며 안아주었다.

망원경에서 눈을 떼고 다시 의식의 전망대 앞에 섰다. 엄마는 내 예상대로 명쾌한 답을 가지고 행동하는 사람이었다.

31

"누나, 공부 잘하는 비법 좀 알려줘."

은찬이가 날 보자 다정한 말투로 다가왔다.

"왜 맘이 바뀐 거야?"

"누나한테 비법을 배우면 바닥을 탈출할 것 같아."

"공부 잘하는 법은 사람마다 다 달라. 그래도 공통적인 게 있긴 해."

"뭔데?"

은찬이는 호기심 어린 눈으로 물었다.

"난 문제집을 한 번 사면 끝까지 다 풀고 다시 한번 틀린 걸 반복해 봐. 특히 너처럼 공부 안 해도 성공할 수 있다는 똥고집은 안 부려."

"그 말은 맞네."

"은찬아, 너 학교에서 요점 정리 잘 못하고 엉뚱한 것만 열심히 하지? 특히 잡생각이 많지 않니?"

"와! 그건 진짜 맞아."

"그리고 끝까지 물고 늘어지는 끈기도 부족할걸. 이 문제만 고쳐도 중간 이상은 할 거야. 그 위부터는 다 머리와 능력의 차이 아닐까. 소질 이런 거 말야."

"누나 말대로 다시 학교에 가면 해봐야겠어. 누나가 시키는 대로 하면 중간은 갈 수 있을 것 같아. 괴물도 사람이 될 수 있다는 걸 엄마한테 보여주고 싶어. 성적을 중간쯤까지 올리고 당당히 내 꿈에 대해 말할 거야. 그럼 엄마도 내 가능성을 믿을 거 아냐."

"성적이 안 나오는 걸 구박하는 부모도 문제지만 열심히 해보지도 않고 성적 조작하는 것도 나쁜 거야."

옆에 있던 시윤이가 막냇동생 대하듯이 은찬이를 타일렀다.

"야! 꿈 깨라. 나는 힘들게 성적 올렸더니 꼴랑 5점 올려놓고 자랑질이냐고 하더라. 10등까지 올려놓으니까 이번에는 5등도 할 수 있다고 해서 5등을 하니까 이제 1등이 코앞이다 그래. 부모는 단 한 번도 인정과 칭찬을 해주지도 않고 무조건 직진이야. 옆집 애가 올 백 나오면 난 그냥 망한 게 돼."

삼수 오빠가 은찬의 말에 딴지를 걸었다.

"은찬아, 이제 성적 조작 같은 거 하지 마. 그거 가짜 성적이 잖아."

나는 은찬이가 애쓰려는 모습에 뭔가 도와주고 싶었다.

"성적 조작한 거 후회하고 있어. 앞으로 엄마는 날 더 믿지 못할 거야. 이번에 나가면 난 특성화 고등학교에 갈 거야. 엄마가 반대하겠지만 일반고 가서 들러리 서기 싫어. 학원도 그만둘 거야. 학원비 모아서 내 자립금으로 달라고 할래. 아니면 주식을 사달라고 할 거야."

은찬이가 자신의 미래에 대해 단단히 마음먹은 느낌이었다.

"내가 잘못한 건 벌받을 거야. 대신 앞으로 내 성적엔 관심 꺼달라고 다짐받으려고. 비즈니스 고등학교에 가서 내 적성에 맞는 공부 하면 엄마도 날 인정하겠지."

은찬이는 보면 볼수록 참 해맑은 아이다. 나름 굉장히 현실적인 결정을 하는 것 같다. 어쩌면 은찬이가 자신의 결정대로 길을 간다면 성공한 사업가가 될 수 있을지도 모른다.

"우리의 문제는 항상 뭔가 열심히 하는 것 같은데 막상 할 줄 아는 게 없다는 거야."

시윤이가 큐브를 손으로 돌리며 말했다.

"배우면 배울수록 아는 게 없는 건 왜 그러지. 누가 좀 가르쳐줘."

"빠른 시간에 답을 찾는 것만 열심히 했나 봐."

은찬이가 혼잣말처럼 말했다.

"근데 효주야, 넌 계속 의대 준비할 거니? 의사 되려고 목매는 인간들이 많아서 너도 고민이겠다. 그러다 의사가 되기도 전에 목을 맬 것 같아."

삼수 오빠가 뼈 찌르는 농담을 던졌다.

"우리 사촌 형 몇 년 전에 의대 갔는데 학교 그만뒀어. 해부학과 수업하면서 좀 충격이었나 봐. 형이 의대 때려친다고 했더니 우리 이모 미쳐 날뛰는데 진짜 무섭더라. 요즘 사명감 없는 애들이 그저 돈 번다고 달려드는 거 보면 병원 가기도 겁나."

삼수 오빠는 아버지가 의사라 그런지 여러 가지 말들을 쏟아냈다.

"너 생기부도 온통 의대 관련한 것뿐인데 학년 더 올라가기 전에 생각을 정리해 보는 게 좋을 거야."

"목표만 뚜렷하면 힘든 건 참을 만한데 동기가 없는 게 더 문제죠."

의대에 대한 내 생각을 밝혔다. 삼수 오빠의 현실적인 조언에 더 많은 생각을 하게 되었다.

그날 밤 처음으로 아빠에게 편지를 쓸 용기가 생겼다. 손

편지를 쓴 게 얼마 만인가 싶었다. 종이 위에 펜을 들고 손 편지를 썼다.

사랑하는 아빠에게.

아빠, 저 효주예요.

아빠에게 입술을 열어 말을 꺼내야 하는데 용기가 나지 않아요.

아빠의 딸은 용기가 없잖아요. 그동안 못 했던 말들을 이 편지로 대신합니다.

지금 저는 길을 잃은 것 같아요. 만약 제 눈앞에 아빠가 서 계신다면 바라만 봐도 눈물이 쏟아질 것 같아요. 지금까지 아빠가 얼마나 많은 시간을 제게 공들였는지 알기 때문이죠.

아빠…….. 제가 아빠한테 거짓말을 했어요. 늘 의대가 진짜 목표인 것처럼 아빠를 속였고 제 마음조차 속이며 지금까지 왔어요. 언제나 아빠가 실망할까 봐 조바심을 가졌고 눈치를 살폈어요. 제겐 아빠의 인정이 중요했거든요.

열일곱이 된 저는 이제 제 길을 가야 한다는 사실을 조금씩 알 것 같아요. 아빠, 저는 시험 때문에 두려워하는 게 얼마나 힘든 일인지 알게 되었어요. 제가 두려웠던 건 원하지 않는 걸 욕심냈기 때문이에요.

편지는 거기까지 쓰고 멈췄다.

아빠…….

누군가의 이름을 부르면 그 사람이 들을 수 있어야 하는데 아빠는 들을 수 없다.

아빠와 의사 놀이를 하던 기억, 의대 앞에서 신입생처럼 사진을 찍던 모습, 학원가 도로 옆에서 졸음을 참으며 날 기다리던 아빠, 뭘 먹든 뭘 하든 언제나 아빠와 함께였다. 공개 수업 날에도 빠짐없이 교실 뒤에 와서 날 지켜보던 아빠, 밸런타인데이 날이면 언제나 초콜릿을 준비해 내 책상에 올려두던 아빠, 딸 바보라는 놀림을 받아가면서도 휴대폰 첫 화면을 내 사진으로 채운 아빠. 내 휴대폰에 저장된 앨범을 보면 유년 시절의 나는 아빠와 늘 함께였다. 돌 사진 속 공주 옷을 입고 있던 내 옆에 서 있는 아빠, 아기 띠를 메고 우유병을 들고 서 있던 아빠, 내 긴 머리를 빗겨주며 예쁜 리본으로 묶어주던 아빠. 아빠는 내게 그런 사람이었다.

나만을 위해 애쓰는 사람이라 아빠에게 솔직하지 못했다.

다음 날 아침 햇빛이 침대 안까지 비추는 바람에 잠이 깼

다. 눈을 뜨자마자 습관처럼 모래시계를 손에 들었다. 놀랍게도 모래 산이 반 이상 아래로 내려와 있다. 나는 너무 좋아 슬그머니 웃음이 나오려고 했다. 처음으로 마음에 빛이 차오르는 느낌이었다.

32

'괜찮아 축제'로 아침부터 정신이 없다.

잔디 광장은 축제 준비로 분주했다. 나는 민정이에게 페이스 페인팅을 해달라고 부탁했다. 민정이는 흔쾌히 허락했다. 그 애는 붓으로 내 얼굴에 뭔가를 열심히 그렸다. 여러 가지 색조를 블렌딩하는 모습에서 진짜 프로 느낌이 났다. 마지막에 은빛 별들을 그려 넣겠다고 했다. 페인팅이 끝나고 거울을 보니 인형 캐릭터 같은 새로운 얼굴로 변신했다.

"와하, 전혀 다른 사람 같아."

"마음에 드니?"

"나한테 이런 모습도 있다는 게 좋아."

"네가 좋아하니까 나도 정말 기뻐."

"넌 뭐든 표현하는 걸 정말 잘한다. 이런 재주를 썩히는 건 말도 안 돼."

"효주야, 고마워. 네가 자신감을 줬어."

"딸이 이런 재주를 가지고 있다는 사실을 엄마가 모른다는 게 말이 안 돼. 내가 너희 엄마 한번 만나고 싶어. 무슨 수를 써서라도 미대에 보내달라고 조르고 싶어."

"조른다고 될 문제가 아니야. 엄마도 날 미대에 보내고 싶겠지. 돈이 없어 못 보내는 거라 야단맞을 수도 있어."

"야단맞으면 맞는 거지, 뭐."

"와, 효주 강단 있네. 엄마는 내가 현실적인 직업을 가지길 원해. 월급이 나오는 회사 같은 거. 그래서 현실적인 선택을 할까 갈등도 많이 했어. 근데 그런 일은 상상만 해도 숨 막혀."

"네 재주가 아까워. 뭐든 돕고 싶어."

"너무 걱정하지 마. 꿈을 돈으로 산다면 그건 너무 슬픈 일이야. 내가 할 수 있는 일을 다 해본다면 길이 열릴 거야. 정 안 되면 돈 많은 남편 만난 다음에 미대 보내달라고 할까 봐."

"너 말이 되는 소릴 해."

"아냐, 그렇게 말 안 되는 소리도 아냐. 내 미모 좀 봐라. 이 외모로 좀 안 될까?"

"하하하하."

우리는 서로 배를 잡고 깔깔댔다.

"요즘 솔로가 대세인데 넌 결혼할 건가 봐?"

"솔로가 대세라고? 글쎄, 난 처음 들어봐."

"민정아, 넌 아무래도 요즘 애 아닌 것 같아."

"하긴 내가 세상을 잘 모르지."

민정이는 확실하게 우리 또래의 아이같지 않았다. 늘 종알대면서도 순수한 구석이 있었다. 그래서 민정이가 끌리는지도 모르겠다.

멀리 시윤이가 보였다. 문득 시윤이가 내 얼굴을 보면 무슨 말을 할까 궁금했다.

시윤이가 있는 곳으로 가까이 다가가 보았다. 시윤이는 스케치도 없이 손가락에 물감을 묻혀 커다란 손 그림을 그리고 있었다. 물감을 손가락으로 찍어 그리는 기법이 신기해 눈을 뗄 수 없었다.

"야! 너 대단하다. 붓도 없이 손가락만으로 그림을 그릴 수 있구나."

"늘 해보고 싶었던 건데 망설이기만 했어."

"근데 이 손이 뭔가 말하고 있는 것 같아. 혹시 부제가 있니?"

"이 손의 부제는 '꿈꾸는 손'이야."

"진짜 그림과 딱 어울리는 제목 맞네. 근데 아무리 바쁘더라도 내 얼굴을 한번 봐주라."

내 말에 시윤이는 고개를 들고 날 올려다봤다.

"어때, 내 얼굴?"

"아! 페이스 페인팅도 나쁘지 않네. 꼭 팅커벨 같아."

"진짜? 팅커벨 대박이다."

평소 감정 표현을 잘 하지 않는 시윤이도 오늘따라 상기된 표정이다. 시윤이의 이런 표정을 보는 게 나쁘지 않았다. 시윤이를 알면 알수록 궁금해진다. 현실에서는 꿈도 꾸지 못할 감정이다. 지금까지 누군가가 좋다, 싫다는 감정조차 생각해 본 적 없었다. 다행히 이곳은 이런 감정을 갖는 데 두려워할 필요가 없었다.

"누나!"

누군가 뒤에서 부르는 소리가 들렸다. 돌아보니 은찬이와 삼수 오빠가 손을 흔들고 있었다. '브래드 하우스'라고 적힌 천막이 보였다. 나는 천천히 그들이 있는 곳으로 걸어갔다.

제빵 장인들이나 쓸 법한 희고 긴 모자를 눌러쓴 삼수 오빠가 밀가루 반죽을 치대고 있다. 은찬이도 옆에서 계란을 휘저으며 바쁘게 손을 움직였다. 누군가는 화가가 작업을 하듯 빵 반죽 위에 여러 가지 모양을 만들었다. 우리는 밀가루 반죽을 떼어 빵 모양을 만들어 늘어놓았다. 나도 밀가루 반죽에서 한 덩어리를 떼어내 손으로 감촉을 느껴보았다. 밀가루 반죽은 어떤 모양이든 만들 수 있었다. 나만의 빵을 만들고 싶어 밀가루 반죽으로 사람의 모습을 빚었다. 삼수 오빠와 은찬이는 내가 만든 빵은 잊을 수도 없고 먹을 수도 없는 노효주만의 빵이라며 치켜세워 줬다.

어느새 시윤이가 오븐에서 방금 구워낸 사과 케이크 한 조각을 들고 와 먹어보라고 권했다. 반죽이 조금 질어 모양이 일그러졌지만 처음 만든 것치곤 맛이 괜찮았다. 작업대를 사이에 두고 서로 마주 보며 우리가 만든 빵을 먹는 게 굉장히 행복했다. 우리는 처음으로 마음 놓고 깔깔대며 웃었다. 누군가의 뒤통수를 보는 것 대신 서로의 얼굴을 찬찬히 볼 수 있는 시간이었다.

'내일은 더 큰 실패를' 행사가 열리는 한쪽에 현수막이 크게 보였다. 실패의 탑 쌓기 놀이를 하는 곳이다. 실패의 탑 쌓기는 우리가 시도했던 것 중 실패한 흔적들을 모아 탑처럼 올리는 놀이였다. 설탕을 안 넣고 휘핑해 버린 울퉁불퉁한 케이크부터 음표들이 춤을 추듯 산만한 오선지의 미완성된 악보, 형체를 알 수 없는 구운 도자기, 겉표면을 까맣게 태운 빵, 재봉

질이 제대로 안 된 원피스, 눈알이 없는 봉제 인형, 쓰다 만 이야기책, 물감이 번져 선명하지 않은 그림 등 서툰 것들의 종류도 가지가지였다. 이런 실패의 흔적들도 모아놓으니 하나의 작품처럼 보였다. 실패의 흔적은 결국 나를 만드는 과정이었다. 그래서 두려워할 필요가 없었고 부끄러울 이유가 없었다.

은찬이는 오토바이를 타고 너른 초원을 달렸다. 늘 타고 싶었던 오토바이라며 흥분했다. 여긴 위험한 자동차가 없어 마음껏 타도 위태롭지 않았다. 은찬이는 마치 오토바이라는 날개를 단 것처럼 바람을 가르며 훨훨 날아오르는 듯 보였다.

잠시 후 시윤이가 내게로 다가와 말했다.

"우리도 타보자."

"오토바이를?"

시윤이의 권유에 나는 잠시 망설였다. 오토바이를 탄다는 생각은 한 번도 해본 적이 없어 겁났다.

그때 삼수 오빠가 내게 다가왔다.

"이럴 때 타봐야지 언제 탈 거야?"

시윤이가 건네주는 헬멧을 나도 모르게 받았다.

맞다. 이곳은 뭐든지 시도해 볼 수 있는 곳이다. 내가 다시 학교로 돌아간다고 해도 이런 경험은 할 수 없다. 용기를 내어 시윤이가 가지고 온 오토바이 뒷자리에 올라탔다.

삼수 오빠는 장난스럽게 한마디 했다.

"시윤이 허리를 꽉 잡아. 범생이가 일생에 단 한 번 일탈하는 기분도 느껴보면 세상 보는 눈이 좀 달라질 거다."

시윤이의 허리를 조심스럽게 잡았다. 시윤이는 시동을 걸었고 이내 오토바이가 움직였다. 오토바이는 초원을 가르며 속도를 조금씩 올렸다.

"효주야! 꽉 잡아."

오토바이는 빠른 속도로 바람을 가르며 달렸다. 나는 떨어질까 두려워 시윤이의 허리춤을 꽉 부여잡았다. 오토바이가 속도를 내자 이상하게 무섭기보다 알 수 없는 자유를 느꼈다.

"우와와우와!"

나도 모르게 외쳤다. 이 소리는 지금까지 느끼지 못했던 환희의 소리다.

남자애와 단둘이 이렇게 가까이 붙어 오토바이를 타는 나 자신이 내가 맞나 싶었다. 그리고 가슴속에서 몽글거리는 것이 올라왔다. 내가 본 시윤이의 모습 중 가장 밝은 얼굴이다. 오토바이에 의지한 채 한참을 달리는 동안 우린 서로 말이 없었다. 그래도 서로의 감정은 느낄 수 있었다. 사람들은 거칠 것 없는 자유의 느낌 때문에 바이크의 로망을 가지고 있는 게 아닐까 싶었다.

축제가 끝나고 기숙사로 돌아오는 길에 굵은 빗방울이 내렸다. 사방으로 튀는 빗방울을 우리는 피하지 않았다. 지친 몸에 마음껏 비를 적시며 옷자락을 휘감는 기분이 뭔지를 느꼈다. 그리고 하늘을 향해 입을 벌려 빗방울로 적셨다. 땅으로 떨어지는 빗소리를 귀로 들으며 빗방울을 눈에 담기도 했다. 비를 눈과 귀와 피부로 느낄 수 있었다. 그 시원함은 지친 몸을 식혀주는 것 같았다.

쾌적한 그 비가 우리 안에 있는 무거운 것들을 씻어내리게 했다. 우비가 없이 비를 흠뻑 맞아도 괜찮았다. 여름밤에 내리는 비는 시원했다. 몸 안에 있는 불안함과 두려움을 다 씻어버리는 느낌이다. 이곳에 모인 우리는 생각보다 많이 닮아 있었다. 우리는 하늘에서 떨어지는 빗방울에 얼굴을 댔다. 그리고 내리는 비를 흠뻑 맞았다. 은찬이는 킁킁대며 비의 냄새를 맡았다. 빗줄기가 점점 굵어졌지만 모두 피할 생각이 없었다. 축축한 공기를 느끼며 흙탕길을 저벅대면서도 기분이 좋았다. 우리는 서로의 뺨을 닦아주며 손을 잡고 흙탕길을 뛰었다.

"우리 이대로 비를 타고 하늘로 날아오를까?"

삼수 오빠가 흥이 나는지 하늘에 두 팔을 벌리며 소리쳤다.

"그거 좋은 생각이야!"

쏟아지는 빗속을 뚫고 두 발로 힘껏 뛰어올랐다. 그리고 빗속을 향해 달려갔다. 우린 비가 많이 오는 날 한 번도 뛰어본 적이 없었다. 빗방울이 내 뒤를 쫓는 기분도 처음으로 느꼈다.

모두 비를 타고 하늘을 날아오른 것 같았다. 늘 비를 흠뻑 맞고 싶다는 상상을 했으나 행동으로 옮긴 적은 없다. 비를 흠뻑 맞아도 옷만 젖을 뿐 아무 문제도 없었다. 무엇이 두려워 꼭 우산을 썼는지 몰랐다. 우리는 해보지 않은 것들을 시도하는 재미를 깨달았다. 다리가 흙투성이가 되었지만 아랑곳하지 않았다.

기숙사에 도착했을 즈음 비는 그쳤고 대신 부드러운 바람이 얼굴에 스쳤다. 특히 땅에서 풀 냄새 같기도 하고 물 냄새 같기도 한 냄새를 맡을 수 있었다. 흙과 공기, 나무, 꽃, 바람이 우리 주변에 있는지 몰랐다. 우린 몰랐던 것들을 느낄 수 있었다.

"와! 무지개다, 무지개."

누군가 소리쳤다.

비가 개어 있는 하늘 위에 무지개가 떠 있었다. 태어나서 처음으로 본 무지개다. 어릴 때 그림책에서만 보던 무지개다.

폭우가 내린 뒤에도 무지개가 뜬다는 사실을 알았다. 환하게
떠오른 무지개를 올려다보며 우린 환호했다.

"야! 무지개 보면서 소원 빌면 이루어진대."

내가 시윤이의 얼굴을 보며 말했다.

"에이, 거짓말."

"거짓말이라도 좋아. 난 소원 빌 거야."

옆에 있던 은찬이가 소리를 질렀다.

"누나, 소원 빌었어?"

"비밀."

은찬이가 묻는 말에 이렇게 대꾸했다. 기숙사로 오는 동안
내내 내 귀에는 피아노의 선율이 맴돌았다.

33

저녁 시간에 간식을 한 아름 가지고 거실로 모였다. 우리는
간식을 나눠 먹으며 잡담을 나눴다.

"삼수 오빠, 고민의 답을 찾았어요?"

"조금씩 찾아가는 것 같아."

삼수 오빠는 이번 수능을 마지막으로 수험생 꼬리표를 떼

기로 결심했다. 오빠가 좋아하는 천문학과를 성적에 맞게 지원하고 바로 군대에 입대하기로 마음먹었다.

"군대까지 와서 사수하라는 말은 못 할걸."

삼수 오빠의 군대라는 말에 까까머리가 떠올라 절로 웃음이 터졌다.

"진짜 형 대단하다. 마음을 굳게 먹었네."

은찬이 놀란 토끼 눈을 하며 말했다.

"군대로 내빼지 않으면 명문대 병 걸린 우리 부모님을 이길 수가 없어. 그리고 너희들, 놀라지 마라. 내 모래시계가 거의 다 아래로 내려왔다. 이제 곧 벽을 넘어갈 수 있는 시간이 온 것 같아. 어쩌면 너희들하고도 오늘이 마지막이 될 것 같아."

"이렇게 빨리 나간다고요?"

"시윤아, 서운하냐."

"형은 벽을 넘어 다시 현실로 돌아가고 싶어?"

"그럼 어쩌냐. 여기 그대로 살 수는 없잖아. 난 대학 생활도 해보고 싶고 군대도 가서 훈련도 해보고 싶어. 여긴 더 이상 꿈을 이룰 수 있는 미래는 없잖아."

시윤이는 삼수 형이 내일 이곳을 나간다는 말 때문인지 마음이 무거워 보였다.

"너희들 너무 서운해하지 마. 어차피 사람은 만났다 헤어졌다 반복하는 거야."

"삼수 오빠, 모래시계를 보니 저도 용기가 생겨요. 오빠 어 딜 가든 잘할 거예요."

"그래, 효주야. 고맙다. 너도 모래시계 에너지가 빨리 채워 지면 좋겠다."

우리는 삼수 오빠와 그렇게 이별의 시간을 가졌다.

다음 날 삼수 오빠가 현실 세계로 돌아갈 벽 앞에 섰다. 안 나 선생님과도 인사를 나눴다. 삼수 오빠는 우리와도 마지막 인사를 나누고 조금 긴장된 표정으로 벽으로 조심스럽게 걸어 갔다. 신기하게도 벽 앞으로 다가가는 동안 오빠의 몸에 아무 런 증상이 일어나지 않았다. 삼수 오빠는 뒤를 한 번 돌아보며 말없이 손을 흔들었다. 우리는 모두 손을 흔들며 잘 가라고 외 쳤다. 삼수 오빠가 거의 벽 앞에 다다를 무렵 어두웠던 벽에서 놀랍게도 섬광이 번쩍였다. 그러더니 오빠의 몸을 감싸며 순 식간에 벽 안으로 빨아들였다.

우리 중에 처음으로 그렇게 오빠가 세상 속으로 돌아갔다.

34

은찬이 혼자 아침 준비를 하고 있다.

"은찬아, 시윤이 형 아직이니?"

"응, 시윤이 형 어제부터 말도 없고 좀 이상해. 그리고 부모님한테 쓰는 편지도 안 쓴다고 했대. 혼자만 안 썼잖아."

은찬이의 우려는 틀리지 않았다. 시윤이는 아침 식사에도 얼굴을 비추지 않았다. 식사를 마친 후 시윤이를 찾으러 다녔다. 먼저 시윤이 방으로 가봤으나 텅 비어 있었다. 운동장과 교실들도 뒤져봤지만 어디도 보이지 않았다. 마지막으로 의식의 전망대에 가보기로 했다.

의식의 전망대에 올라와 보니 예상대로 시윤이가 망원경 앞에 서 있다. 시윤이는 내가 온 줄도 모르고 생각에 골똘히 젖어 있다.

"시윤아, 너 왜 여기 있어. 무슨 고민 있니?"

시윤이는 날 보고도 웃음기 하나 없는 얼굴이었다.

"효주야, 내가 다시 집에 가는 게 의미가 없어 보여."

"그걸 말이라고 해? 이제 와서 왜 그래. 너 그림 안 그릴 거야?"

"어차피 재능 없는 손이야."

시윤이의 목소리는 힘이 없었다.

"그게 무슨 소리야. 네가 왜 재능이 없어?"

"네 눈에 잘 그린다고 하는 건 의미 없어. 난 엄마가 원하는 학교에 갈 수 없을 것 같아. 어차피 입시에서 요구하는 걸 못 맞춰."

"부정적인 말 하지 마. 부정적인 말은 영혼을 어둡게 한대."

나는 시윤이의 말에 화가 나 쏘아붙였다.

"너 같은 애는 이해 못 해."

시윤이의 마음이 흔들리고 있었다.

"나라고 고민이 없는 줄 알아? 나도 아빠만 생각하면 마음이 무거워. 내 진로는 어떻고."

시윤이는 말없이 멀리 서 있는 벽만 바라보았다.

"그냥 날 내버려 둬."

"넌 밖으로 나갈 생각이 없는 애 같아."

"맞아. 다시 돌아간다고 해도 바뀔 게 없잖아. 내가 그림을 포기한다고 하면 엄마는 지금까지 들인 돈 다 토해내라고 난리 칠 거야."

"시윤아, 모래시계가 채워지면 다시 그림을 그릴 수 있어."

"그림을 그린다고 해도 엄마가 원하는 대학에 못 갈 거고 그럼 본전 생각할 게 뻔해."

"공부 걱정은 하지 마. 부족한 과목은 내가 도와주면 돼."

"내가 언제 너한테 도와 달라고 했어? 그냥 가기 싫다고."

시윤이는 내게 짜증 섞인 목소리로 말했다. 손에 들고 있던 큐브마저 바닥으로 내던져 버렸다. 그리고 의식의 전망대를 내려갔다.

시윤이가 바닥으로 내던진 큐브를 주워 들었다. 시윤이의 큐브는 언제나 색깔이 맞춰져 있지 않았다. 큐브는 공식만 알면 시간이 걸리더라도 다 맞출 수 있었다.

3단 큐브의 하양, 주황, 파랑, 노랑 네 가지 색을 코너 조각을 찾으며 올리고 돌리고 내리고 돌리고를 반복했다. 큐브의 색을 통일감 있게 맞춰가는 게 쉽지는 않았다. 큐브를 맞추는 동안 시윤이의 마음을 헤아려 보았다. 회전을 수없이 반복한 후에야 3단 큐브를 겨우 완성했다.

35

"여기 더 있으면 안 될까요?"

거실로 들어가자 마침 시윤이가 안나 선생님과 심각한 얼굴로 마주하고 있었다.

"그건 안 돼. 모래시계의 에너지가 채워지면 무조건 나가야 해. 시간이 지체되면 의식이 영원히 돌아오지 못할지도 몰라. 그래도 괜찮겠어?"

"현실로 다시 돌아가는 게 내키지 않아요. 엄마랑 다투는 것도 힘들고요."

"시윤아, 그렇다고 이제 와 안 가겠다는 건 말도 안 돼."

"내 마음이 그렇다고요. 억지로 안 되는 게 마음이잖아요!"

갑자기 시윤이의 얼굴이 시뻘겋게 달아오르며 소리를 질렀다. 여태까지 보던 시윤이의 얼굴이 아니다.

그 순간 어디선가 날카로운 소리가 들렸다. 거실 테이블 위에 올려두었던 시윤이의 모래시계가 깨지면서 바닥으로 유리 조각과 모래 입자가 쏟아져 나왔다.

"선생님, 큰일 났어요. 시윤이의 모래시계가 깨졌어요."

"아, 결국 깨지고 말았어."

우리가 깨진 모래시계를 보는 사이 시윤이가 두통을 호소했다. 얼굴이 하얗게 질려 있었다.

"시윤아, 시윤아! 괜찮니?"

우리는 술렁거리며 시윤이가 있는 자리로 모여들었다.

"선생님, 속이…… 울렁거리고 어지러워요."

시윤이는 몸에서 일어나는 증상으로 고통스러워했다. 선생

님은 주머니에서 작은 약병을 꺼내 그 물약을 시윤이의 입에
넣어주었다.

잠시 후 시윤이의 얼굴에 조금씩 혈색이 돌아왔다.

"괜찮니?"

"좀 나아졌어요. 왜 모래시계가 깨진 거죠?"

"마음의 우울감이 급격하게 심해져 모래시계가 깨져버린
거야."

"이제 시윤이는 어떻게 되는 거죠?"

나는 시윤이가 걱정스러워 선생님께 물었다. 시윤이 역시
깨져버린 모래시계를 보며 두려움이 더 커진 얼굴이었다.

"시윤아, 너무 겁먹을 필요는 없어. 선생님이 있잖아. 사실
나도 모래시계가 한 번 깨진 적이 있어."

"선생님도요?"

우린 안나 선생님의 모래시계가 깨진 적이 있다는 말에 놀
랐다.

선생님도 모래시계가 깨진 경험이 있다는 말에 조금 마음
이 놓였다. 선생님은 계속 말을 이어갔다.

"이제 시윤이는 깨져버린 모래시계보다 더 큰 모래시계를
받게 돼. 아무래도 벽 밖으로 나가는 시간이 좀 더 걸릴 수 있
어. 그러나 두 번째 받은 모래시계는 마음이 회복되면 처음 받

은 것보다 모래 입자가 급속도로 빠르게 내려가기도 해. 그러니까 너무 불안해하지 마."

안나 선생님의 말을 들은 후 마음이 조금 놓였다. 시윤이의 불안했던 마음도 조금씩 안정을 찾아가고 있었다.

시윤이의 모래시계 사건 이후 내 모래시계 역시 요지부동으로 움직일 기미가 보이지 않았다. 한 가지 마음에 걸리는 게 없는 건 아니다. 이곳에 넘어온 이후 그 일을 생각하지 않은 날이 없었다. 혹시 그 문제 때문에 모래시계가 움직이지 않는 걸까. 혹시 이러다 내 모래시계마저 깨지는 게 아닐까 걱정이었다. 걱정과 불안은 생각하면 할수록 풍선처럼 부푼다고 했다.

저녁 식사가 끝나고 안나 선생님이 내게 물었다.

"무슨 걱정이라도 있니? 얼굴이 왜 그래?"

안나 선생님이 뭔가 알아차렸는지 내 눈치를 살폈다. 난 속마음을 들킨 사람처럼 화들짝 놀랐다.

"그게……."

"괜찮아, 말해봐."

"혹시 내가 있어서 그래? 자리 피해줄까?"

시윤이가 내 얼굴을 살피며 물었다.

"너희까지 굳이 나갈 필요 없어. 내가 솔직하게 말하지 못한 게 있거든."

"누나, 무슨 일인지 빨리 말해봐."

은찬이가 답답한지 재촉했다.

"지난번 학교 시험에서 오엠알 카드를 실수로 밀려 썼다고 했잖아. 사실은 실수 아니었어."

"아! 진짜? 레알?"

모두의 눈이 갑자기 커지며 일제히 날 바라보았다. 안나 선생님은 내 말에 놀란 듯 한동안 말이 없었다.

"왜 그런 거야?"

시윤이가 조심스럽게 물었다.

"그래, 효주야. 말해봐. 너에게 무슨 이유가 있었겠지."

안나 선생님이 부드럽고 온화한 표정으로 말했다.

"이번 시험은 사실 내게 어렵지 않았어. 만약 이번에 성적이 잘 나오면 아빠의 기대감은 점점 높아질 게 분명했어. 동기도 없이 계속 아빠의 꿈에 매달리고 싶지 않았어. 아빠 핑계를 대고 있지만 나 역시 아주 작은 미련도 있었거든. 성적으로 압박받는 공부가 아니라 내가 원하는 공부를 재미있게 하고 싶었어."

"노효주, 너 진짜 대단하다. 그런 결단을 내리다니. 상상 못

할 일이야."

시윤이가 놀란 듯 날 쳐다보며 말했다.

"시험 한 번 잘못 봤다고 인생 망치는 것도 아니잖아. 공부보다 더 중요한 건 건강이고 올바른 마음가짐일 거야. 효주의 선택이라 존중해. 효주가 마음을 정리하면 성적은 금방 회복할 수 있어."

안나 선생님이 세상에서 통용하는 모든 규칙과는 상관없이 내 결정을 존중해 주었다.

"효주야, 이건 내 생각인데 네가 솔직하게 마음을 털어놓는다면 아빠도 생각이 달라질 수 있어. 처음엔 받아들이기 힘들겠지만. 효주는 그동안 자기 생각을 숨기고 아빠 입장만을 생각하느라 마음의 병이 생긴 것 같아. 사람은 자신의 마음을 말로 표현하지 않으면 잘 모르거든."

"효주야, 너의 용기가 부러워. 생각이 남다르다는 게 이런 거네. 똑똑한 애들은 뭔가 다르구나."

시윤이가 처음으로 날 칭찬했다.

"누나를 보니까 나도 용기가 막 생기는 것 같아."

"은찬아, 넌 돈 벌다 지겨우면 그때 공부해. 남들이 다니는 길로는 돈 벌기 어려워."

"진짜 누나 말대로 그런 날이 있으면 좋겠어."

왠지 모르게 진심을 털어놓은 탓인지 마음이 후련했다. 이곳에 모인 친구들과 선생님은 모두 따뜻한 사람들이었다. 덕분에 솔직하게 말할 수 있었고 마음을 열 수 있었다. 만약 혼자서 이런 상황을 계속 견뎠다면 내가 한 결정을 후회하고 있을지 모른다.

36

민정이가 아침부터 내 방을 찾아왔다.

"효주야, 나 곧 저 벽을 나가게 될 것 같아. 그래서 마지막 인사 왔어."

"진짜? 갑자기 간다고 하니까 너무 서운해."

"나도 그래."

"그래도 마음 단단히 먹어."

"효주야, 우리 엄마가 그러는데 사람은 자기 밥그릇은 가지고 태어난다고 했어. 생각해 보니까 부모가 책임져 주는 것도 아이 때뿐이야. 우리 엄마는 나 걸음마 뗄 때부터 식당 하느라 정신없었어. 이제 난 엄마의 힘에 기대지 않고 내 밥그릇 찾아갈 거야."

"와, 우리 나이에 너 같은 생각 하는 애 별로 없어."

"이제 벽을 나가면 너에 대한 기억이 없어지겠지. 내가 너랑 같은 동네면 너희 아빠를 찾아가 설득할 것 같아. 효주한테 의사 되라고 강요하지 말라고. 효주의 인생은 효주 거라고!"

"너 진짜 야무지게 따질 것 같다. 난 아빠한테 그런 말 해본 적이 없어."

"야! 의대 가기 싫은데 왜 널 속여. 그건 아빠를 위한 게 아니야. 처음부터 네 생각을 숨기지 않았으면 아마 지금쯤 의대 강요 안 했을 것 같아."

"그럴까. 난 아빠 앞에만 가면 얼음 공주가 되는 것 같아."

"네 의사를 분명히 밝히는 연습부터 해야겠다. 의대 가기 싫어요! 이 말을 왜 못 해?"

"와, 너 진짜 반항 한번 잘한다."

"집에서도 나는 싫은 건 분명히 의사를 밝히지. 근데 돈이 없다는 말에는 그런 것도 안 통해. 그래서 절망이야."

"그렇긴 하겠다. 집안 사정 뻔히 아니까."

"그러니까 넌 절망할 필요 없어. 하기 싫은 걸 하기 싫다고 말할 자유와 권리가 있으니까. 그건 사춘기만의 특권이야. 만약 네가 20대가 돼서도 하기 싫은 일을 꾸역꾸역 하고 있다면 20대의 너에게 미안하잖아. 그치?"

"네 말이 맞아."

"난 환경에 절망하는 대신 방법을 찾아볼 거야. 돈 문제라면 더더욱 내가 벌 수 있잖아. 1년 벌고 학교 다니고 또 휴학하며 1년 벌고 그렇게 다니지, 뭐. 열심히 해서 장학금도 받을수 있고. 난 그렇게 결정했어."

"민정아, 넌 잘해낼 거야."

"난 내 환경 앞에 무릎 꿇지 않을 거야. 두고 봐."

민정이의 다부진 얼굴에서 굳은 의지가 엿보였다. 민정이를 보며 내 모습을 반성하게 되었다.

민정이의 반짝이는 눈은 내 생각을 바꾸게 했고 용기를 주었다. 뭔가 알 수 없는 환희가 마음을 웅장하게 했다.

"효주야, 오늘이 내 생일인데 벽을 나가게 돼서 기쁘면서도 아쉬워."

"오늘이 네 생일이야? 민정아, 생일 축하해! 이렇게 말로만 해서 미안해. 미리 알았으면 케이크 만들어 줬을 거야."

"케이크 받은 걸로 할게."

우리는 이렇게 웃다가 이제 헤어질 시간이 다가오자 잠시 말을 잊었다. 알 수 없는 아릿한 슬픔이 밀려왔다.

"민정아, 가기 전에 날 한 번만 안아줄래?"

"그래, 우리 찐하게 이별 포옹하자."

민정이는 날 포근히 안아주었다. 이상하게 민정이와 포옹하는 동안 눈물이 날 것 같았다.

"야, 이러니까 내가 엄마 같잖아."

민정이의 목소리가 살짝 떨렸다.

"그래, 민정아. 넌 전생에 내 엄마였을지 몰라. 앞으로 결혼도 하지 말고 널 위해 살아. 전 세계를 돌아다니며 세상의 아름다움을 담는 화가가 되면 정말 멋질 거야."

"효주야, 난 결혼은 할 거야."

민정이가 웃음기 머금은 입으로 말했다.

"네가 하는 말 잊지 않을게. 아무리 어려운 일이 있어도 난 꼭 꿈을 이루고 말 거야. 너도 아빠에게 솔직히 말할 수 있는 용기가 생기면 좋겠어. 두려움과 불안을 가지면 행복할 수 없다고 하잖아."

민정이가 진짜 내 엄마처럼 의젓하게 날 위로해 주며 그렇게 방을 나갔다.

민정이가 방을 나간 후 불현듯 엄마의 생일이 오늘이라는 사실을 뒤늦게 깨달았다.

엄마와 민정이는 생일마저 같다. 그리고 엄마는 사 남매다. 맏딸인 것도 똑같다.

세상에는 아주 비슷한 사람도 많다고 하지만 이렇게 환경이나 생일까지 같은 사람이 있을 수 있을까. 갑자기 가슴이 서늘했다. 나는 부리나케 방을 나왔다.

검은 벽에는 세상으로 갈 아이들이 하나둘씩 순서를 기다리고 있다. 나는 그들 틈에서 민정이를 찾아보았다. 몇 명의 아이들 틈에서 민정이의 모습은 보이지 않았다.

꼭 물어보고 확인하고 싶었던 것이 있었다. 민정이의 학교와 고향, 부모님의 성함 이런 것들이다. 마침 아이들 틈에 안나 선생님의 얼굴이 보였다.

"선생님, 혹시 민정이 보셨어요?"

"민정이는 조금 전에 벽을 넘어갔어."

"벌써요?"

나는 민정이가 벌써 벽 너머로 갔다는 말에 힘이 쭉 빠져버렸다.

"참, 너 민정이랑 아주 친했지. 정말 아쉽겠다. 사실 민정이가 있던 조는 과거의 시간에서 온 아이들이거든. 너랑 세대가 다른데도 아주 친하게 지내서 보기 좋았어. 너희 또래 애들은 통하는 게 있나 봐."

"과거의 시간요?"

"민정이랑 친하게 지내면서 그것도 몰랐어? 난 알고 있는 줄 알았지."

갑자기 머리를 세게 맞은 듯한 충격이 왔다. 과거의 시간이
라니, 믿어지지 않는다. 민정이가 과거에서 왔다면 어쩌면 엄
마일지도 모른다는 생각이 들었다. 안나 선생님에게 민정이
에 대해 더 물었지만 안타깝게 알고 있는 게 없었다.

여러모로 많은 생각에 빠졌다. 엄마는 1977년생이다. 정말
민정이가 1990년대에서 온 게 맞을까? 민정이가 과거에서 온
엄마라면 난 엄마의 사춘기를 이곳에서 보게 된 셈이다. 엄마
의 십 대 사진을 본 기억이 별로 없어 엄마의 얼굴을 알아보지
못했다. 문득 민정이는 내가 미래에서 온 딸이라는 사실을 모
르고 벽을 넘어간 게 오히려 다행이라는 생각이 들었다. 만약
내가 민정이의 딸이라는 사실을 알아버렸다면 서로에게 나쁜
일이 될 수 있었다. 내가 엄마에게 아빠와 이혼하고 현재 파리
에 가 있다는 소식을 전했다면 민정이는 자신의 꿈을 향해 나
아갈 수 없었을지도 모른다. 그럼 나는 꿈의 방해자가 되고 스
스로를 원망할 게 뻔했다. 신이 사람을 만들 때 허락하지 않은
한 가지가 미래를 알 수 없게 한 것이라는 말이 이해되었다.
민정이가 엄마든 아니든 이제 중요하지 않다. 자신의 꿈을 향
해 나아가는 민정이의 의연함을 옆에서 볼 수 있었던 것만으

로도 내게 영향을 주었다.

37

은찬이가 보이지 않았다. 한참을 여기저기 찾아 헤맸다. 누군가 은찬이가 의식의 전망대에 있다고 알려줬다. 은찬이는 이곳을 떠날 수 있는 시간이 얼마 안 남았다.

의식의 전망대로 올라가 보니 정말 은찬이가 그곳에 있었다. 은찬이는 피움학교를 내려다보는 것 같았다. 저녁노을에 비친 은찬이의 얼굴은 조금 어두워 보였다.

"은찬아, 왜 여기 있어?"

"누나, 이곳을 떠난다는 게 좋지만은 않아. 누나와 형들도 앞으로 못 볼 거고……. 그냥 피움학교에 남아 있고 싶어."

"너 지금 농담하는 거지? 갑자기 왜 그러는 거야?"

"여기서는 성적에 주눅 들지 않아 좋아. 그리고 처음으로 인정이란 것도 받았어."

"그래서? 뭐 어쩌라고? 내가 볼 때 넌 겁쟁이야, 아주 많이. 그런 애가 무슨 장사를 하고 사업가가 되니?"

아무 말도 없는 은찬이의 눈에 눈물이 맺혔다. 흘러내리는 눈물을 손으로 훔쳐내며 훌쩍였다.

"우리 엄마 독수리대 출신이야. 자기만큼 못 하면 병신 취급하는데 날 기다리지 않을 거야. 어쩌면 내가 없는 게 더 좋을 수 있어."

"은찬아, 그럼 망원경으로 지금 너의 엄마의 모습을 보면 되잖아."

"사실 여기 올라온 게 엄마를 보려고 온 거였는데 막상 망원경을 보니까 두려워 못 보겠어."

"두렵다고 도망가면 우린 한 발짝도 앞으로 나아갈 수 없어. 그 두려움을 없애려면 행동해야 해. 너 혼자 보기 어려우면 나랑 같이 보자."

은찬이는 내 말에 고개를 끄덕였다.

잠시 후 은찬이는 조심스럽게 망원경에 눈을 대고 의식을 집중했다. 나 역시 망원경에 눈을 대고 은찬의 의식을 보았다.

사람이 북적대는 거리에 은찬의 엄마가 보였다. 엄마는 은찬의 사진이 담긴 전단을 벽에 붙이는 작업을 하고 있었다. 은찬의 엄마는 정신이 반쯤 나간 사람처럼 눈에 초점이 없는 초췌한 얼굴이었다. 벽보를 붙이며 혼잣말로 중얼거렸다.

"은찬아, 어디 간 거니? 은찬아, 네가 사라진 게 엄마 때문이니? 가출 신고도 했지만 네가 어디로 감쪽같이 숨어버렸는지 찾을 수가 없구나. 은찬아, 내 아들 은찬아!"

엄마는 벽보를 다 붙인 뒤에도 은찬의 학교로 갔다.

은찬의 엄마는 학교에서 귀가하는 아이들을 붙잡고 물었다.

"혹시 너희 우리 은찬이 본 적 있니?"

"은찬이요? 맨날 지긋지긋한 집에서 사라지고 싶다고 그랬어요. 그러더니 진짜 감쪽같이 사라졌네."

아이들은 엄마를 비웃듯이 그런 말을 하고 무심히 지나쳤다. 엄마는 망연자실 그 자리에 주저앉아 흐느꼈다.

"엄마……."

은찬이가 망원경에서 눈을 떼자 다시 의식이 전망대 앞으로 돌아왔다. 은찬이의 눈에 물기가 촉촉했다.

"누나, 다시 돌아가서 잘할 수 있을까."

"이은찬, 너 지금 너의 엄마의 모습을 봤지. 네 존재를 실종 상태로 만들고 싶니? 넌 너의 미래가 궁금하지 않아? 난 내가 미래에 어떤 사람이 될지 많이 궁금하거든."

"누나, 난 핀란드에 가서 학교 다니고 싶어. 거긴 피움학교처럼 공부 못한다고 자존심 상하게 하는 부모도 없고 친구들이 기죽이고 주눅 들게도 안 한대. 집에서 좀비 취급도 안 당

해도 되고."

"은찬아, 내가 여기서 느낀 게 뭔지 아니? 결국 이 우주에서 세상을 바꾸는 건 내 마음과 생각이라는 사실이야. 이 모래시계가 지금 보여주잖아. 네 모래시계가 채워져 가는 건 마음이 단단해져 가고 있다는 뜻이야. 그 마음과 생각이 예전과 다른 너를 만들 거니까 걱정하지 마."

"누나, 내가 지금 날 믿지 못하는 거겠지?"

"맞아, 네 마음을 네가 믿지 못하면 너희 엄마도 못 믿어. 우린 우주라는 자기장 안에 들어 있다고 생각해. 결국 널 바꾸는 것도 너의 힘이야. 이게 곧 증거잖아."

내가 손에 든 모래시계를 은찬이에게 내밀며 말했다.

"누나 말대로 여기 와서 조금 철이 든 느낌이야. 집으로 돌아가도 예전처럼 엄마를 두려워하지 않을 거야."

은찬이가 한 말이 무엇을 뜻하는지 잘 알 것 같았다.

의식의 전망대에서 내려온 후 모래시계를 책상 위에 두려고 주머니에서 꺼냈다. 전망대에서 봤던 것보다 훨씬 많은 모래가 아래로 내려왔다. 이제 모래는 얼마 남지 않았다. 내가 한 일이 뭐길래 내 마음의 에너지가 채워졌을까. 곰곰이 생각해 보니 은찬이를 위로했던 마음이 모래를 움직이게 한 힘인

것 같았다. 마음이란 나 혼자만의 것이 아니라 누군가에게 영
향을 주고받으며 채워지는 것 같았다. 우리를 돌보며 에너지
가 채워졌다는 안나 선생님의 말이 이제야 공감이 갔다.

현실 속에서 나는 친구들과 거리를 두었다. 외로웠지만 강
한 척하며 지냈다. 친구를 모두 경쟁자로만 생각하며 경계했
던 내가 생각의 알 속에서 깨어나고 있는 것 같다.

이상한 벅차오름이 가슴으로 전해졌다.

38

"시윤아, 이 큐브 잊었니?"

나는 큐브를 시윤이에게 내밀었다.

"이거 잃어버렸다고 생각했는데 네가 주웠구나."

시윤이는 내가 건넨 큐브를 건네받더니 한 방향으로 맞추
어둔 큐브의 통일성을 다시 회전해 무너뜨렸다.

"야! 내가 힘들게 맞춘 큐브야."

"난 색깔별로 맞추는 거 별로야. 이렇게 완성된 큐브 보면
마음이 답답해서 그래. 누군가 큐브를 색깔별로 완성하면 어
김없이 다 뜯어내곤 해. 나 못됐지."

"아냐, 어차피 큐브는 다시 회전하라고 있는 거야. 균형이 깨지고 다시 균형을 맞추고 반복하는 거지. 그러면서 여러 면을 보는 게 재미있어."

"이상하게 난 큐브 색깔이 맞춰지지 않았을 때 더 마음이 편해. 다양한 컬러가 오히려 조화롭잖아."

"넌 역시 예술가 기질이 있어. 네 말이 널 표현하고 있어. 그게 바로 너지."

"난 여길 나가려면 멀었나 봐. 아직 내 생각도 명확하지 않고."

시윤이의 말에 마음이 아릿했다.

난 처음으로 용기를 내어 시윤이의 왼손을 조심스럽게 잡아주었다. 그리고 한참을 말없이 서 있었다.

잠시 후 시윤이의 팔목에 있는 나비를 보았다.

"시윤아, 넌 아직도 나비가 그대로 있네. 이 나비가 자유롭게 날아갈 날이 있겠지."

"이 붉은 꽃에 있는 꿀을 다 빨아 먹은 후 돌고래를 찾으러 바다로 날아가지 않을까?"

"진짜 날아올 거지?"

"당연하지. 조금씩 날갯짓을 하는 게 안 보이니?"

"그래, 날갯짓 많이 하네. 날갯짓을 많이 해야 날개가 튼튼

해 잘 날 수 있대."

"효주야, 너 이제 밖으로 나가면 날 못 알아보겠지."

시윤이가 씁쓸한 얼굴을 하며 물었다.

"너 안나 선생님 얘기 못 들었어? 물건을 희미하게 기억할 수 있대. 너의 큐브를 기억할 거야."

"효주야⋯⋯."

"내가 널 기다리고 있다는 거 잊지 마."

"빨리 가지 못할지도 몰라."

"그래도 괜찮아. 난 기다리는 데 선수야."

우린 이별의 시간이 다가오는 슬픔을 이렇게 확인했다.

내 모래시계의 모래 산이 모두 아래로 내려왔다. 나는 안나 선생님의 방으로 가서 모래시계를 넘겨주었다.

"효주야, 결국 해냈구나. 애썼어."

선생님은 환히 웃으며 대견하다는 듯이 내 등을 두드려 주었다.

"의대 준비는 포기했지만 아직 확실한 건 없어요."

"넌 이제 열일곱이야. 인생의 목표를 너무 빨리 찾으려고 서두를 필요 없어. 꿈이 꼭 지금 있어야 하는 건 아냐. 20대에 꿈이 찾아올 수도 있고 30대 혹은 40대에 올 수도 있어. 우리는 최종적으로 뭐가 될지 아무도 몰라. 그냥 마음의 방향을 따라가는 거지."

"그럴까요?"

"지금 네가 관심 있고 좋아하는 걸 열심히 하다 보면 길이 보이고 구체적인 관심사로 모이게 될 거야. 그걸 멈추지 말고 네 걸로 만들어."

안나 선생님은 내게 아직 가야 할 길이 많다고 희망적인 이야기를 해주었다.

39

이별의 날이 밝아왔다. 오늘 벽을 넘어가는 건 나만이 아니다. 은찬이의 모래시계도 모래 산이 다 아래로 내려와 함께 나갈 수 있었다.

은찬이가 먼저 벽 안으로 가기로 했다. 은찬이는 지난번보다 마음이 한결 가벼워 보였다.

"은찬아, 잘 가렴. 이번 기회에 엄마하고 잘 풀어봐. 네가 원하는 길이 있으면 간절함을 엄마한테 보여줘. 사람은 행동이 쌓이는 걸 눈으로 봐야 마음이 바뀌게 돼."

"네, 선생님."

"은찬아, 파이팅!"

우리는 은찬이에게 마지막 인사를 건넸다.

그러자 은찬이가 흐어어엉 하며 눈물보를 터뜨려 버렸다.

"은찬아!"

"여기서 실컷 다 울고 세상 나가서는 울지 마라."

시윤이가 은찬이 어깨를 다독이며 위로했다. 은찬이가 먼저 벽을 통과해 세상 속으로 돌아갔다.

은찬이가 벽을 넘어간 후 그다음은 내 차례였다.

"시윤아, 잘 지내고 꼭 돌아와."

"먼저 가서 조금만 기다려. 이 나비가 꼭 날아오를 거야."

시윤이가 팔목에 있는 나비를 보며 말했다.

나는 대답 대신 고개를 끄덕였다. 목에서 뜨거운 게 올라와 말을 할 수 없었다.

시윤이도 내 마음을 아는지 고개를 끄덕였다.

이제 벽을 넘어가는 일이 두렵지 않다. 실감이 나지 않을 만큼 공포가 사그라들었다. 한 가지, 시윤이와 안나 선생님을 두고 가는 게 끝까지 마음에 걸려 안타까웠다.

"안나 선생님, 그동안 가이드 잘 해주셔서 감사해요. 여기서 보낸 시간은 기억 어딘가 남아 있을 것 같아요."

"아마 넌 두려움 없이 잘 해낼 거야."

안나 선생님은 미소를 지으며 내 등을 보듬어 주었다. 선생님의 체온이 내게 따뜻하게 온기를 주었다. 선생님의 온기는 내 결핍을 채워주는 에너지였다.

"곧 오실 거죠?"

"글쎄, 나 잘할 수 있을까?"

"선생님은 잘 해낼 수 있어요. 선생님이 아니었으면 저는 다시 벽 앞에 서기 어려웠어요. 여기서 선생님은 저를 잘 이끌어 주셨어요."

"난 지금까지 교육을 가르치기만 하면 되는 거라고 생각했어. 그래서 너희가 분노하고 좌절했던 거야. 여기서 너희를 보면서 알게 됐지. 너희에게 먼저 마음으로 공감하는 걸 배우면서 위로도 받았어. 그래서 내가 새롭게 태어난 것 같아. 모두 너희들 덕이야."

"선생님……. 이제 선생님을 볼 수 없다고 생각하니…… 마음이 슬퍼요."

"효주야……."

안나 선생님은 다정한 눈으로 내 손을 잡아주며 말했다.

"우리가 서로를 알아보지 못해도 인연이란 어떻게 스칠지 아무도 몰라."

선생님의 따뜻한 손 때문인지 내 눈이 다시 뜨거워졌다. 선생님은 주머니 안에서 푸른색 바탕의 흰 도트 무늬 손수건을 꺼내 내 눈에 맺힌 눈물을 살며시 닦아주셨다.

"이제 갈게요. 시윤아, 안녕."

나는 선생님과 시윤이를 향해 마지막 인사를 나누며 벽을 향해 천천히 걸어갔다. 한 걸음 내디딜 때마다 피움학교의 추억이 떠올랐다. 의식의 전망대 위에서 내 생명의 소중함을 보았고 세상에서 해볼 수 없는 많은 걸 경험하면서 내가 몰랐던 새로운 내 모습까지 발견했다. 더구나 평생 한 번 볼까 말까 한 별똥별이 떨어지는 모습은 충만한 감정을 선물했고, 민정이와의 우정을, 확실하진 않지만 엄마의 10대를 볼 수 있었다. 그리고 아직도 헷갈리지만 시윤이와 함께한 시간도 내가 한 번도 느끼지 못한 감정들이었다.

조금 더 가까이 한 발을 내딛자 어두웠던 벽이 조금씩 빛나기 시작했다. 나는 그 빛이 두렵지 않았다. 여기서 만난 친구들은 나를 성장하게 했다. 안나 선생님은 내게 신뢰와 믿음을 주었다. 한 걸음 더 내딛자 빛은 더 강하게 휘돌아 광채가 되었다. 지금 그 광채가 밖으로 튀어나오려 회오리를 친다. 나는 두 눈을 감으며 한 치의 의심 없이 그 빛을 향해 걸어 나갔다. 내 머리와 심장이 쉬어간 이곳을 이제 떠나려 한다.

알 수 없는 설렘으로 가슴이 벅차오른다. 만약 피움학교에 가지 않았다면 나는 지금 어떤 시간을 보내고 있을까 상상하며 빛 속으로 걸어 들어갔다.

40

눈을 뜬 순간 흰 벽과 천장이 보였다. 그리고 내 팔에는 링거줄이 보였다. 수액을 맞고 있는 게 병원 응급실 같았다.

"정신이 드니?"

아빠의 얼굴이 희미하게 보였다.

"아빠······."

아빠는 내게 바짝 다가와 손을 잡았다.

"그래, 아빠야. 알아보겠어?"

"네······."

아빠의 얼굴을 보자 꿈에서 깬 것처럼 설명할 수 없는 혼란스러운 감정이 느껴졌다. 분명 어떤 낯선 공간에 가 있었는데 사람의 얼굴도 명확하지 않았다. 혼수상태로 몽롱한 의식이었는지도 모르겠다.

"네가 학교 앞에서 쓰러져 있는 걸 주변 분들이 발견하고 응급실로 옮겼다고 하더라."

그렇다면 혼수상태에서 꿈을 꾼 것일까. 분명 내가 깨어났을 때 꿈을 꾼 것처럼 어떠한 이야기가 머릿속에 분절되듯 상이 떠올랐었다.

"의사 선생님께서 공황장애가 온 것 같다고 하는구나. 약을 좀 먹으며 쉬면서 당분간 안정을 취하면 나아질 거라고 하더라. 네가 쓰러졌다는 연락을 받고 아빠 심장이 얼마나 철렁했는지 알아?"

아빠는 그 잠깐의 시간 동안 얼굴빛이 검게 변해 있었다. 내가 쓰러졌다는 연락을 받고 굉장히 많이 놀란 듯 보였다.

응급실에서 수액을 다 맞은 후 병원을 나와 집으로 돌아갔다.

내 방은 여전히 변한 게 없다. 옷걸이에 걸려 있는 흰 가운을 보았다. 익숙했던 것들이 왠지 낯설었다. 원래 내 것이 아닌 것처럼 보였다. 혼수상태에서 보았던 벽 안에 있던 세계가 꿈인지 아니면 진짜 벽 너머의 세계를 다녀온 건지 헷갈렸다.

아빠는 주방에서 나를 위한 저녁을 준비했다. 당분간 안정을 취하라는 의사 선생님의 처방대로 학원에 가지 않아도 됐다. 나는 아빠에게 다가가 저녁 준비를 도왔다. 아빠는 저녁을 준비하면서 내 눈치를 살폈다. 난 식탁에 준비한 음식들을 올린 후 조용히 밥만 먹었다. 현실의 밥은 달지 않았다. 아직 못 꺼낸 말들이 혀 안으로 구르는 듯했다.

저녁을 먹은 후 유리잔에 녹차와 민트 잎을 섞어 뜨거운 물을 넣고 달콤한 꿀 한 방울을 떨어뜨린 차를 아빠에게 드렸다.

"아빠, 이 차 이름이 뭔지 아세요? 모로코 민트 티예요. 드셔보세요."

아빠는 유리잔을 잠시 들여다보더니 조심스럽게 입을 대며 마셨다.

"차 맛이 나쁘지 않네. 이 차 마시면 피로가 사르르 녹을 것 같아. 근데 효주야, 지금 몸 상태는 괜찮니?"

"나쁘지 않아요."

차를 마시며 아빠의 얼굴을 가까이 보니 하루 사이 초췌한 얼굴이 되었다.

차를 마시는 동안에도 알 수 없는 긴장감이 돌았다. 초췌해져 버린 아빠의 얼굴 때문인지 또다시 마음이 흔들리려고 했다. 그래도 말을 해야만 했다. 내가 하는 말이 아빠의 분노와 상실감을 일으켜 어쩌면 인생 전체를 무너뜨리게 할 수도 있었다. 그러나 나는 용기를 내야 했다. 왜냐하면 의대 진학은 내 꿈이 아니기 때문이다. 더구나 나는 다시 그곳으로 돌아갈 수도 없었다.

"효주가 아빠한테 할 말이 있어 보이는데 편하게 말하렴. 이렇게 쉴 때 다 얘기해. 나도 네가 응급실에 있는 동안 얼마나 마음을 졸였는지 몰라. 응급실로 가는 동안 많은 생각이 교차하더라."

"아빠……. 의대 가면…… 행복도 1등이 될까요?"

아빠는 내 말에 뜬금없는 질문이냐는 표정이었다.

"아픈 사람 매일 보며 일하는 게 정말 행복할까 생각해 봤어요."

"왜 그런 말을 하니?"

"제가 의대 진학을 왜 해야 하는지 이유를 몰라서요."

"효주야, 너 왜 그래? 몸이 아파서 그런 거니?"

"저는 의사 되는 게 행복이라고 느껴지지 않아요. 언제부터 제 목표가 의대였는지 생각해 봤어요. 의사가 되지 않으면 행복하지 않다고 누가 그래요? 아빠는 의사가 되지 않아 매일 불행해요? 아빠가 없으면 회사가 어떻게 운영되겠어요. 아빠는 회사에서 아주 중요한 사람이잖아요."

"갑자기 진로를 바꿀 생각을 왜 하게 됐니? 네가 의대 가려고 애쓴 게 아깝지 않아?"

"아빠……. 제가 왜 쓰러졌다고 생각하세요? 그냥 일시적으로 쓰러졌다고 생각하시죠. 아니에요. 아빠의 그 기대가……

제 심장을 갉아 먹는지도 몰라요. 그래서 너무 힘들어요. 의대에 가는 건 제가 원한 길도 아니고 그 길을 가기 위한 열정도 없어요. 전 이제 아빠의 꿈을 채워주기 위해 공부하기 싫어요. 그냥 날…… 날 위한 공부를 하고 싶어요."

"효주야! 의사가 되는 게 아빠만 위한 거니? 네가 의사가 되면 평생 안정적인 삶이 보장돼. 그건 내가 누리는 게 아니라 효주 네가 누리는 거야."

"전 아빠의 트로피가 아니에요! 왜 제게 진로를 강요하세요? 세상은 그런 사람들만 모여 사는 건 아니잖아요. 아빠의 말대로라면 누가 우리의 쓰레기를 치워주고 누가 높은 건물에 매달려 아파트를 짓겠어요. 아빠도 평범한 직장인이잖아요. 그래도 난 아빠를 단 한 번도 부끄럽다고 생각한 적도 없고 불만도 없었어요."

"효주야. 네가 아무래도 시험 기간 동안 너무 지친 것 같다. 그래서 그런 거야. 잠시 흥분을 가라앉히고 차분히 생각할 시간을 갖자."

아빠는 내가 정상적인 몸 상태가 아니라서 이런 말을 하는 거라고 믿었다.

"아빠, 오늘 학기말 고사 마지막 날인 거 아시죠? 이번 시험은 별로 어렵지 않았어요. 어쩌면 제가 우리 반 1등이 될 수도 있을 정도로 쉬웠어요. 근데 마지막 과학 시험에 그만 오엠알 카드를 밀려 쓰고 말았어요."

"효주야, 어떻게 그런 실수를 할 수 있니? 어떻게 밀려 쓰기를……."

아빠는 거의 신음하듯 안타까워했다.

"근데 문제는…… 실수가 아니라…… 일부러 밀려 쓴 거예요."

"너…… 그 말 사실이니? 네가 어떻게……."

내 말이 끝나자 아빠의 얼굴이 급격하게 일그러지며 목소리가 떨렸다.

"맞아요. 제가 왜 일부러 답을 밀려 썼다고 생각하세요?"

아빠는 큰 충격을 받은 사람처럼 넋이 나간 듯 보였다.

"제가 어려서부터 아빠의 착한 딸이 되기 위해 얼마나…… 얼마나 힘들었는지 아빠는 몰라요. 아빠를 위한다는 마음 때문에…… 그동안 내 감정마저 속였어요."

나는 오랜 시간 동안 참아 왔던 감정 때문에 목소리가 바르르 떨렸다.

"효주야……. 그래도 이건 아냐."

아빠는 고개를 흔들며 뒷말을 잇지 못했다. 이 상황을 받아들이는 데 시간이 필요하다는 말 같았다.

41

다음 날 아빠와 다시 마주했다. 하루 사이에 아빠의 얼굴은 더 많이 야위었다. 잠도 못 주무신 것 같았다.

"효주야, 어제 네 말 듣고 밤새 많은 생각을 해봤어. 네가 그렇게까지 성적 부담을 갖고 있는지 몰랐어. 근데 아빠는 아무리 생각해도 네 말에 용납이 안 돼. 의대가 너한테 버거워 그런 것 같은데, 꼭 의대가 아니라 수의대나 약대에 가보는 것도 나쁘지 않은 결정 같아. 네가 열심히만 하면 그 정도는 충분히 갈 수 있고……."

"아빠……. 죄송해요. 제 진로를 성적으로 결정하고 싶지 않아요. 제가 하고 싶은 걸 찾을 때까지 정하지 않을 거예요. 아빠는 제가 약사나 수의사라도 되면 좋을지 모르지만 그 일은 제가 한 번도 생각해 보지 않았어요."

내 말이 끝나자 무거운 표정을 짓던 아빠는 다시 말을 꺼냈다.

"효주야, 너 왜 그래? 지금까지 힘들지만 잘해왔잖아. 넌 한 번도 아빠 말을 거역한 적이 없어. 이 고비 넘어가면 또 생각이 달라져."

아빠는 내가 하는 말을 받아들이려고 하지 않았다. 일시적인 생각이라고 여겼다. 예상했던 일이다. 그러나 난 예전의 효주가 아니다. 이제 아빠의 말을 고분고분 듣던 효주는 없다. 아빠가 아무리 자신의 꿈을 강요해도 난 내 길을 갈 거다. 이 제 내 목소리를 당당히 내는 것부터 시작이다.

내 방으로 들어와 옷걸이에 걸려 있던 의사 가운을 다 걷어 냈다. 의사 가운은 총 다섯 벌이었다. 의대 앞에서 찍은 사진 들도 다 떼어버렸다. 책꽂이에 있던 의학 사전들도 다 치워버 렸다. 그동안 날 짓눌렀던 것은 누군가의 꿈이었다. 내가 가짜 의 꿈을 안고 괴로워했던 사실에 참았던 눈물이 볼을 타고 흘 렀다.

오늘따라 이상하게 엄마 생각이 났다. 엄마가 오래전 내게 들려줬던 말들이 이제야 생각이 났다.

"학교 다녀와 동생들 밥 챙겨주고 알바 다녀오고, 늦은 밤 숙제를 하고 새벽같이 또 알바를 하러 갔어. 근데 하나도 피곤 하지 않았어. 왜냐구? 엄마의 간절한 꿈이 이루어지는 고생이 었거든."

엄마는 어려운 형편에도 그림을 포기하지 않았다. 엄마의 꿈이 얼마나 간절했는지 조금씩 헤아려졌다. 엄마가 왜 그토 록 그림의 세계에 빠졌는지 조금 이해가 됐다. 대학을 장학금 으로 다녔던 노력, 어려운 가정 형편 때문에 할 수밖에 없었던 희생, 이런 것들이 엄마를 프랑스로 가게 했다. 그림에 대한 열정을 딸보다 더 우선시한 사람이라 미웠던 엄마다. 머리가 아프다. 그냥 엄마가 미웠으면 좋겠는데 엄마가 자꾸 이해되려고 해서 마음이 혼란스럽다. 나도 엄마의 딸이니 나만의 길을 가겠지.

그동안 엄마와의 대화를 거부하고 무작정 원망만 했다. 나도 모르게 카톡에 들어가 엄마의 프로필 사진을 봤다. 나는 잠시 망설이다 휴대폰의 카톡 차단을 풀었다. 그동안 차단했던 카톡을 왜 해제하는지 나도 모르겠다. 하지만 사람은 마음이 시도 때도 없이 변하는 존재라고 했다. 나도 별수 없는 사람인가보다.

며칠이 지난 뒤 학교에 등교했다. 반 아이들은 여전히 아무 일도 없다는 듯이 자습하며 조회 시간을 기다렸다.

그때 아이들이 수군대는 소리가 귀에 들렸다.

"야. 너희 그 소식 들었니? 오늘 새로운 담임 온대."

"진짜?"

아이들이 어디서 들은 소문인지 왁자지껄 떠들었다.

그때 누군가 교실 문을 열고 들어왔다. 긴 머리를 하나로 묶은 상큼한 얼굴의 선생님이었다. 이유 없이 친근한 얼굴이다. 아니, 어디서 많이 본 듯하다.

"오늘부터 새로운 담임을 맡게 된 국어과 최안나라고 해. 이렇게 여러분을 만나게 돼 굉장히 반갑고 앞으로 잘 부탁할게."

최안나? 안나, 안나, 안나.

기억이 가물가물하다. 저 미소가 익숙한데 모르겠다. 혹시 우리 아파트 주민이었는지, 오다가다 지하철에서 부딪쳤던 얼굴인지도 모른다.

안나 선생님은 시종 밝은 미소를 띠며 담임을 맡은 소감을 말했다.

"그동안 담임이 없어 반 운영이 어떻게 돌아갔는지 모르지만 서두르지는 않으려고 해. 누가 선생님 책상에 화분을 가져다 뒀네. 아직 봉오리만 있지만 때가 되면 자연스럽게 꽃이 피겠지. 나도 이 화분의 꽃 같은 마음으로 너희에게 다가가려고 해. 천천히 물을 주며 꽃이 피는 계절을 기다리는 것도 나쁘지 않아."

안나 선생님은 조회를 마치고 책상 정리를 한 뒤 가방에서 손수건을 꺼내 얼굴의 땀을 닦았다. 선생님 손에 들린 건 푸른색 바탕에 흰 도트 무늬 손수건이었다.

도트 무늬 손수건.

또다시 희미한 기억이 떠올랐다. 저 손수건 어디서 봤더라.

분명히 익숙한 손수건이었다. 어쩌면 오래전 내가 잃어버렸던 손수건일지도 모르겠다.

최안나 선생님이 교실을 나가려는 순간, 누군가 허겁지겁 교실로 뛰어 들어왔다.

"지각해서 죄송합니다."

어디서 많이 듣던 목소리다.

시윤이다.

최안나 선생님은 힐끗 쳐다보며 교실을 빠져나갔다.

시윤이가 자리에 앉자마자 목을 길게 빼고 날 보며 웃는다. 나랑 눈이 마주치는 바람에 나도 모르게 미소를 짓고 말았다. 왜 날 보며 웃는 거지? 시윤이의 미소에 의미를 붙이며 그 애를 다시 보게 되었다. 그 애 손에 큐브가 들려 있다. 내 꿈에서도 누군가 늘 큐브를 돌렸던 기억이 살포시 났다. 그게 누구든 아침부터 날 보며 웃어주는 남자애가 있다는 게 나쁘진 않았다. 살짝 설레는 감정까지 고개를 내밀었다.

혹시 내가 혼수상태에서 봤던 그 애가 홍시윤? 나는 머리를 갸우뚱거리며 시윤이의 얼굴을 다시 보았다. 뭔가 좋은 일이 생길 것만 같다.

종례까지 마친 후 학교 정문을 나와 담벼락이 있는 골목을 걸었다. 학교 담벼락의 벽화 속 동물들은 평온했다. 걷는 동안 아무런 빛도 나지 않는 벽이었다. 벽화 속 기린을 올려다보았다. 도트 무늬 손수건과 큐브가 머릿속에 아른거렸다. 아직도 꿈에서 깨어나지 못한 사람처럼 헷갈린다. 한 가지 달라진 게 있다면 내 심장은 예전처럼 두근거리거나 요동치지 않았다.

* * *

만약 나처럼 심장이 두근거리거나 배가 아프거나 머리가 아픈 증상이 있는 친구가 있다면 언제 어느 벽으로 빨려들어 갈지 모른다. 만약 벽으로 빨려들어 갈 일이 있어도 너무 두려워하지 말기를. 왜냐하면 그곳에 피움학교가 있기 때문이다.

『가짜 모범생 2』
창작 노트

내가 누군지
알아가도 괜찮아

『가짜 모범생』이 출간되고 나서 2년이 지났다. 강연장 사인
회에서 누군가 내민 편지 한 장 덕분에 2권을 쓸 수 있는 마음
이 생겼다. 『가짜 모범생』 1권이 현실에 짓눌린 아이의 저항이
라면 2권은 상처받은 아이들이 판타지 세계로 넘어가 치유를
받는 과정을 그렸다.

세상에는 성적에 짓눌려 부모님에게 속마음조차 말하기 쉽
지 않은 아이들이 많다. 여전히 '가짜 모범생'들이 자신의 이야
기를 해달라고 아우성치는 것 같았다. 시간이 지나도 아이들은
자신이 누구인지, 무엇을 향해 나아가는지 알지 못하고 있다.

'모든 아이들은 자기만이 가질 수 있는 능력을 가지고 태어난다'는 말에 공감한다. 공부 지옥에서 사춘기 전쟁까지 겪는 동안 이 사회가, 학교가, 부모가 아무도 그들에게 공감해 주지 않고 해결책도 없다. 꿈을 묻기 전에 꿈꿀 수 있는 세상을 만들어 주고 싶다.

아이들의 미래를 미리 단정해 놓고 시작하지 않기를……. 자신이 누군가의 트로피로 사는 건 아닌지 확인하는 시간이었으면 한다. 성적에 떠밀려 좌절을 느끼는 아이들에게 잠시 자신이 누군지 알아가도 괜찮다고 말해주고 싶다.

경쟁에 지친 아이들이 잠시 피움학교에 와서 용기를 얻고 나갔으면 좋겠다.

2024년 3월 어느 날
손현주

"청소년의 꿈은
온전히 자신만의 것인가?"

"선휘야, 형 대신 네가 그 애의 목을 졸랐다고 말해줄 수 있니?"

엄마는 '완벽한' 형을 지키기 위해 무엇이든 할 수 있었다.
그러던 어느 날, 형이 죽었다.
나는 살고 싶었다. 형처럼 되고 싶지 않았다.

가짜 모범생

손현주 장편소설

가짜 모범생 2

ⓒ손현주, 2024

초판 1쇄 발행일 | 2024년 4월 4일
초판 4쇄 발행일 | 2024년 12월 17일

지은이 | 손현주
펴낸이 | 사태희
편   집 | 최민혜
디자인 | 홍성권
마케팅 | 장민영
제   작 | 이승욱 이대성

펴낸곳 | (주)특별한서재
출판등록 | 제2018-000085호
주 소 | 08505 서울특별시 금천구 가산디지털2로 101 한라원앤원타워 B동 1503호
전 화 | 02-3273-7878
팩 스 | 0505-832-0042
e-mail | specialbooks@naver.com
ISBN | 979-11-6703-107-5 (43810)